Die Jammerhecke

Heide Elfenbein

*In Dankbarkeit meinen Eltern, die uns vier
Kinder in einer Zeit zu anständigen,
lebenstüchtigen Menschen erzogen,
als die Gerechtigkeit eine zerbrochene Glocke
und die Moral ein geplatzter Ballon waren.*

Autorin:
Heide Elfenbein

Verlag:
Taunus Verlag Wagner Druck GmbH
Usingen/Ts.

Gesamtherstellung:
Druckerei Fritz-Albert Esser
Inhaber Götz Esser · Weilrod-Neuweilnau

ISBN 3-933555-03-5

Vorwort

Im Taunus, heute zu Schmitten gehörig, liegt der Ortsteil Brombach. Früher, als Brombach noch zum Stockheimer Gericht gehörte, mußten die Schulkinder über die Höhe nach Rod am Berg laufen.

Einmal wurden sie dort von einem Schneesturm überrascht und kamen um. Seither heißt das Flurstück dort oben "die Jammerhecke".

Dieses historische Ereignis und einige andere auch regten mich zum vorliegenden Buch an.

Die wunderschöne Landschaft und die Menschen, die in ihr wohnen und von ihr geprägt sind, habe ich lieben gelernt. Aber die Idylle hat auch Schatten, wie sie überall das Glück des Einzelnen zu trüben in der Lage sind.

Die Geschichte des Taunus und seiner Bewohner ist auch voll von solchen Schatten. Sie sollten sich, verehrte Leserin und verehrter Leser, nicht davon abhalten lassen, in den Taunus zu kommen, wunderschöne Berge und Täler zu durchwandern und seine Gastlichkeit zu genießen. Vielleicht wird Sie das Buch auch neugierig auf diese Landschaft machen. Das wäre ein Erfolg, den ich mir wünsche.

Mit den historischen Gegebenheiten gehe ich zugunsten einer spannenden Handlung, wie Sie bald sehen werden, großzügig um. Die Katastrophe an der Jammerhecke war, wie ich schon andeutete, viel früher. Die Ereignisse um den Juden Meier spielten sich in Wehrheim ab. Es ehrt die Wehrheimer Bürger noch heute, daß sie es wagten, den Nazis Widerstand entgegen zu setzen und den Juden zu schützen, so lange es ging.

Die Personen sind erfunden, d.h., nicht ganz, denn in der Tat habe ich Menschen getroffen, die den von mir geschilderten Charakteren sehr ähnlich waren. Vor allem die treue Lina hat ein lebendes Vorbild. Nein, ihre guten Eigenschaften sind nicht übertrieben, die gibt es wirklich!

Die tragischen Ereignisse, die ich beschrieb, die wochenlang alle Zeitungen füllten, waren so - und doch anders. Kein Name stimmt. Viele Berichte über ähnliche Begebenheiten flossen ineinander.

Aber die Landschaft habe ich sehr genau beschrieben - ich sagte es schon, - ich liebe sie.

Die Figur des Herbert traf ich, weit weg von hier, in einem jungen Mann, dessen Frau ich für eine Weile helfen durfte, über die Tragödie ihrer Ehe hinwegzukommen. Daher kenne ich die seelische Struktur eines Süchtigen sehr genau. Nicht Abscheu, tiefes Mitleid erfüllt mich mit solchen Menschen.

Tragisch, wenn Eltern in falsch verstandener Liebe den Kindern keine Grenzen setzen - und damit ihre Entwicklung in die falsche Richtung lenken. Nur innerhalb fester Normen und Grenzen fühlen sich Kinder wohl und geborgen und wachsen zu lebenstüchtigen Mitgliedern der menschlichen Gesellschaft heran.

Sollte sich jemand dennoch in einer meiner Figuren erkennen, umso besser, dann hat meine Phantasie etwas Wahrhaftiges getroffen. Aber was soll die lange Vorrede!- Lesen Sie selbst! Wenn danach noch jemand Fragen hat, möge er mich fragen.

Die Verfasserin

Die Jammerhecke

Den ganzen Morgen war Schnee gefallen. Man wußte gar nicht, wo der Himmel war. Ein tiefes Grau zog sich durch das Tal, an dessen Hang sich mühsam ein Dörfchen klammerte.

Im Sommer war es lieblich anzuschauen. Ein Bach durchströmte die Wiesen am Grund, dann stiegen bewaldete Berge an den Seiten auf, in deren dichtem Grün die Vögel von morgens bis abends ein munteres Gezwitscher hören ließen. Kleine Gärten waren zwischen den bescheidenen Häuschen und ein paar Felder gab es auch im Grund und den unteren Hanglagen.

Heute war nichts davon zu sehen. Dunkel drückte in das kleine Tal, als hätte nie ein neuer Tag begonnen und als würde nie wieder ein neuer Tag beginnen. Heulend begann der Wind feine Flocken in dichten Schwärmen vor sich herzutreiben.

Die Schulkinder waren noch nicht zurückgekommen, obwohl Mittag vorbei war. Sie mußten auf der gewundenen Landstraße über den Kamm eines Berges in die Nachbargemeinde gehen oben, über die "Hecke".

Der Himmel färbte sich schwefelgelb. Der Schneesturm wurde stärker. - Man wartete auf die Kinder. - "Sie mögen sich irgendwo untergestellt haben", sagte man sich und wartete. "Vielleicht sind sie auch gar nicht erst von der Schule losgegangen", hoffte man.

Als es begann, dunkler zu werden, machten sich einige Männer des Dorfes auf, um den Kindern mit Laternen entgegen zu gehen. Ein heftiger Wind blies immer noch Schneefahnen vor sich her und war beißend kalt.

Als die Männer auf die Höhe kamen, sahen sie nichts von den Kindern. Hinter der Hecke auf der Kuppe war eine große Schneewehe aufgetürmt. Mühsam bahnten sich die Männer den Weg und wären fast auf der anderen Seite des Berges wieder heruntergestiegen, wenn sie nicht ein leises Jammern gehört hätten. Einer entdeckte einen Holzschuh, der aus dem Schnee ragte.

Entsetzt begannen sie mit Stöcken, die sie von den Bäumen brachen, und mit bloßen Händen zu graben. Unablässig riefen sie die Namen der Kinder.

Der Holzschuh gehörte einem Mädchen, das Lina hieß. Sie gruben es aus. Fast bewußtlos hatte das Kind vor sich hingejammert und die Männer auf seine verzweifelte Situation aufmerksam gemacht. Einer der Männer nahm es auf seine Arme und trug es hinunter ins Dorf. Dann rief er alle zusammen, die helfen konnten. Die Erwachsenen des Dorfes eilten - sofern Eile bei diesen Verhältnissen noch möglich war - den Berg herauf, um die Kinder zu retten. Aber die anderen Kinder konnten nur noch tot geborgen werden.

Die kleine Lina überlebte, aber sie war gezeichnet. Sie konnte nur erzählen, daß sich die Kinder, als der Schneesturm losgebrochen war, vor Angst und Kälte hinter der Hecke verkrochen hatten, denn man konnte plötzlich Weg und Steg nicht mehr erkennen.

Seit dieser Zeit beten die Leute, wenn sie an der Hecke vorbei müssen und denken an die armen Kinder, die dort gestorben sind. Sie hieß von nun an die "Jammerhecke."

Lina

Die kleine Lina wurde ein sehr stilles und bescheidenes Kind, fromm und geduldig mit ihrem Leben, ihrer Armut und ihrer Einsamkeit, denn das Dorf war leer von Kindern ihres Alters. Zwei Finger an der linken Hand waren erfroren und an einem Fuß alle Zehen.

Jeden Sonntag ging sie mit ihrer Mutter zur Kirche. Obwohl sie hinkte, mußte sie von früh auf viel arbeiten. Sie wollte es auch. Es war, als wolle sie sich selbst etwas beweisen. Die Rente ihrer verwitweten Mutter reichte kaum. Im "Alten Haus" hatte ihnen die Gemeinde zwei Zimmer als Wohnung zugewiesen, die im Winter sehr kalt waren. So mußten Mutter und Tochter viele Tage im Wald verbringen, um Holz zu sammeln. Im Frühjahr und Herbst fielen dort auch andere Arbeiten an, bei denen sie helfen durften, um sich so etwas dazu zu verdienen. Dafür erlaubte der Förster, daß sie das Fallholz umsonst aufsammeln konnten.

Lina liebte den Wald. Nur in die Gegend der Jammerhecke wollte das Kind nicht mehr gehen. Auf dem Weg zur Schule mußte sie die Mutter an der Hand dort vorbeiführen. Zurück nahmen sie Handwerker mit, die um diese Zeit sowieso mit ihrem Fuhrwerk aus Usingen kamen.

Die Jahre gingen dahin. Alles, was das Dorf veränderte, waren die Jahreszeiten. Viele Frauen im Dorf waren auf Lebzeiten in schwarze Kleider gehüllt. Der Tod hatte besonders grausamen Einzug in die kleine Gemeinde gehalten, und er sollte zurückkommen, als weit in der Ferne ein furchtbarer Krieg entbrannte und auch noch die Männer aus dem Dorf holte. Die jungen Leute fehlten im Dorf, die kräftigen Arme der Männer und das Lachen der Kinder.

Mariechen

Oberhalb des Dorfes wohnte ein Bauer. Er galt als reich, d.h., er war so reich, wie man in dieser Gegend reich sein konnte. Er hatte unten am Bachrand, wo der Boden besser war, ein paar Wiesen und Felder, die höhere Erträge brachten als die der anderen.. Auch er hatte seinen Kampf. An den Markttagen nahm die Bäuerin die Hocke auf den Rücken und ging früh morgens mit den anderen "Hockeweibern", wie man sie nannte, über die Saalburg nach Bad Homburg. Wenn man die Höhe der Saalburg, von der man sagte, daß dort einmal die alten Römer gewesen seien, überwunden hatte, gab es einen Stein, auf dem die Frauen ihre Hocke aufstützen und eine Rast einlegen konnten, bevor sie hinab in die Ebene stiegen. Da gab es manchen Plausch. Die meisten von ihnen erzählten natürlich Klatschgeschichten aus der Nachbarschaft, oder von der Arbeit im Haus oder auf dem Feld.

Die Bäuerin hatte auch zwei Kinder an der Jammerhecke verloren. Tiefe Trauer zeichnete ihre Züge. Es schien ihr schier unerträglich, daß sie weder Kinderlachen noch Kindergeschrei hörte. Hier am Hockenstein wurde die Bäuerin immer besonders traurig. Ihr schien, als hätte sie zu früh aufgegeben, als hätte sie ihre Kinder einfach daran hindern müssen, an der Jammerhecke zu sterben, als sei sie selbst schuld an dem ganzen Elend!

Der nie endende Schmerz und die Sorge, wer sie einmal, wenn sie alt geworden waren, versorgen und den Hof übernehmen sollte, war drückender als der schwere Korb mit Gemüse und Handkäs, den sie zum Markt bringen wollte.

Einmal sagte eine der Marktfrauen in Bad Homburg, daß man doch Kinder annehmen könne, es seien ja so viele Waisen und Findelkinder da, die eine neue Mutter suchten. Das machte Hoffnung, und am Abend dieses Tages sprach sie mit ihrem Mann darüber. Erst war er sehr abweisend. Als sie ihm aber vor Augen hielt, daß, selbst wenn ein Wunder geschehen würde und sie doch noch ein kleines Kind haben würden, es kein Schaden sei, wenn mehrere Kinder auf dem Hof wären, gewann er mehr Interesse an diesem Gedanken. Sie sollten nicht warten, bis sie zu alt seien. Von nun an sprachen sie öfter davon. Einmal, als die Hockeweiber wieder zusammen rasteten, hörte sie, daß in Homburg vor einer Kirche ein Kind gefunden worden sei. Kurz entschlossen übergab sie am Markt ihre Hocke einer anderen Frau und begab sich ins Waisenhaus, denn man hatte ihr gesagt, daß man das Kind dorthin gebracht hätte.

Als sie das Haus betrat, wurde sie argwöhnisch gemustert. Ob sie die Mutter sei und das nur nicht zugeben wolle, und wie herzlos sie sei, das hilflose Wesen einfach vor die Kirche zu legen. Sie machte den Betreuerinnen klar, daß sie - leider - mit der Geburt des Kleinen nichts zu tun hätte, daß sie ihre Kinder an der Jammerhecke verloren hätte, daß sie einen Bauernhof hätte und man ihr gesagt hätte, man könne Kinder annehmen an Kindes Statt. Nach langen Reden und Erklärungen von beiden Seiten bekam sie das Kind zu sehen. Es war ein rosiges, blondes Wesen, mit einem ernsten Gesichtchen. Als sie es, einem Impuls nachgebend, auf den Arm nahm, verzog es, als wollte es weinen, den Mund. Schnell küßte und herzte sie es, um es zu trösten. Als sie die weiche Babyhaut an ihrem Hals und ihrem Gesicht spürte und sich die kleinen Fäuste um ihren Daumen ballten, war sie verloren. Sie wollte das Kind gleich mitnehmen. Die Betreuerinnen wehrten ab. Das ginge nicht, dazu sei noch viel nötig, denn eine Adoption müsse von einem Notar bestätigt und von den Behörden genehmigt sein. Aber in Pflege nehmen könne sie das Kind schon und dann könne man das Behördliche später machen. Ein Leumundszeugnis von der Gemeinde brauche sie unbedingt und viele andere Papiere. Das könne man ja, wenn sie es sich nicht doch noch anders überlege, erledigen. Sie hörte alles an sich vorüberrauschen, war voller Angst, man könne ihr das Kind noch einmal nehmen, und bestand darauf, es gleich mitzunehmen. Die Nachbarinnen aus dem Dorf wurden vom Markt geholt und mußten mit ihren arbeitschweren Händen unterzeichnen, daß sie die Frau kennen würden und daß sie eine anständige und achtbare Person sei. Im Waisenhaus brach darauf eine hektische Betriebsamkeit aus. Sie solle am Nachmittag wiederkommen, denn man müsse noch.....! Also ging sie zurück zum Markt und widmete sich dem Verkauf ihrer Waren.

Als sie am Nachmittag wieder zum Waisenhaus kam, hatte man tatsächlich erreicht - und das nur, weil man sowieso überfüllt war und der Pfarrer ein gutes Wort gesprochen hatte und versicherte, er würde sich davon überzeugen, daß das Kind im Taunus auch wahrhaftig gut untergebracht wäre, - daß sie das Baby mitnehmen konnte. Es habe auf einem Stein gelegen wie das Mariechen im Kinderlied auf einem Stein saß, sagte man ihr, also blieb der Name des Kindes Marie.

Der Bauer sah mit Verwunderung, was sie am Abend in ihrem Korb mitbrachte. "Ein Sohn wäre mir lieber gewesen, wegen der Arbeit auf dem Feld", brummte er, aber das könne man sich bei solch einem Weib wohl nicht aussuchen, meinte er gutmütig. In solchen Sachen würden sowieso immer die Weiber bestimmen. Und so bekam das seit langer Zeit verwaiste Kämmerchen für die Kinder wieder einen kleinen Bewohner.

Die Papiere kamen tatsächlich nach langwierigen Behördengängen und nicht ohne erhebliche Kosten für Schreibgebühren und Rechtsanwälte. Das Kindchen wurde die legitime Tochter des Ehepaares.

Es wuchs heran und machte viel Freude, so viel, daß die Eltern sich nach einem zweiten Kind umsahen. Diesmal war es ein Junge. Nun war es im Haus wieder lustig und laut. Das Leben hatte für zwei Leute wieder einen Sinn bekommen.

Lina war von den kleinen neuen Nachbarn begeistert. Wann immer sie konnte, hütete sie die Kleinen und spielte mit ihnen. Sie hatte beide in ihr Herz geschlossen und war nicht nur wegen der Würste und Schinkenstücke froh, die sie heimbringen konnte, wenn sie die beiden an den Markttagen beaufsichtigte.

Mariechen wurde ein sehr hübsches Kind. Paul, der Bruder, wurde ein richtiger Lausebengel und machte viel Arbeit.

Die Bettelfrau

Als die Kinder größer wurden, erwischte Lina Mariechen einige Male beim Lügen. Mal wollte sie den kleinen Bruder ins Unrecht setzen, um einen Vorteil zu erhaschen, mal wollte sie einfach necken und ihre überschäumende Phantasie loswerden. Die Mutter wurde ärgerlich, aber Lina durchschaute das Spiel und reagierte meist so, daß das Kind verblüfft war. Manchmal stellte sie ihm ernst vor Augen, daß es Grenzen gebe, die man nicht verletzten dürfe, weil man gegen Nächstenliebe und Anstand verstoße. Dabei wußte sie viele Sagen und Geschichten zu erzählen, die es in dieser Gegend so reichlich gab oder sie las den Kindern vor. Eine Geschichte gefiel den Kindern besonders. Sie mußte sie allerdings immer für die Kinder etwas anders zurechtdichten, je nach dem, wie verständig sie wurden, denn eigentlich kamen Dinge darin vor, die für Kinderohren nicht ganz geeignet waren. Wir wollen sie hier aber so erzählen, wie sie sich die Erwachsenen in den Dörfern erzählten. Es war die Geschichte von der Bettelfrau.

Die Geschichte wurde manchmal so, manchmal anders erzählt: Es war einmal eine Frau, die Anna hieß. Sie war eine Bettelfrau. An einem Abend im Winter, es war schon dunkel, ging sie durch ein leichtes Schneegestöber von Altweilnau herauf, wo sie vorstellig gewesen war. Ein Bauer hatte ihr ein ganzes, zwar nicht mehr so frisches, aber doch begehrenswertes Brot geschenkt. Anna war glücklich. Morgen würde sie keinen Hunger haben. In der Senke vor dem Sumpf am Meerpfuhl außerhalb des Dorfes hatte sie sich aus Brettern eine kleine Hütte gebaut. Dort war es nicht so kalt. Sie hatte im Herbst die Ritzen zwischen den Balken mit Moos abgedichtet. Eine alte Decke überdeckte ihre Strohschütte und in der Mitte der Hütte hatte sie eine Höhlung gegraben. Vier runde Wacken wurden fast ganz von einer Schieferplatte gedeckt. Nur an einer Stelle war ein Loch, wo der Rauch abziehen konnte. Darunter machte sie sich gewöhnlich Feuer und hatte es auch ein wenig warm. Sie war fleißig gewesen und hatte Holz gesammelt, das rund um ihre Hütte an den Wänden aufgeschichtet war und noch mehr den Wind abhielt. Heute abend wollte sich Anna eine gute heiße Brotsuppe machen und dann schlafen gehen. Das Brot zog in ihrem Bettelsack und machte ihn verheißungsvoll schwer. - Es kam nicht oft vor, daß sie so beschenkt wurde. Die Leute hier waren nicht reich. Morgen wollte sie nach Usingen gehen, da gab es sicher mehr.

Anna war in ihrer Jugend ein "Mensch" gewesen. Dreizehnjährig hatten sie ihre Eltern in Dienst gegeben. Das war eine bittere Zeit. Der Herr stellte ihr nach und nahm sich schließlich mit Gewalt, was er haben wollte. Sie wollte sich ihrer Gote anvertrauen, aber die sagte barsch, Männer wüßten schon, bei wem sie sich das erlauben könnten und bei wem nicht. Sie suche sicher nur eine Ausrede, nicht mehr arbeiten zu müssen, und sie solle sich nur in acht nehmen, solche Possen herumzuerzählen, sonst sei sie ihre gute Stelle schnell los. Die Stelle wurde sie dann aber auch los, weil sie ein Kind, ein "Balg", wie man hier sagte, erwartete.

Der Herr stritt jede Schuld ab, und außer seiner Frau glaubte niemand der armen Anna. Die Frau hatte eine Cousine in Frankfurt, die wußte, wo ein gewisses Haus war, dorthin schickte man Anna und ihr Kind. Und weil das Kind ja essen mußte, tat sie, was man von ihr erwartete. Als das Kind sechs Jahre alt war, starb es. Da verließ Anna das Haus. Eine Stelle bekam sie nicht mehr. So wurde sie zur Bettelfrau.

Als Bettelfrau aber wurde sie in gewisser Weise wieder respektiert. Man vergaß, daß sie "ein Mensch" gewesen war. Im Sommer durfte sie sogar manchmal auf den Höfen bei der Ernte helfen. Anna fand dieses Leben, so demütigend es auch war, doch besser als die Erlebnisse ihrer Jugend und da sie niemanden störte, hatte sie immer das geringste zum Auskommen. Sogar beim Bau der Hütte hatten ihr ein paar Knechte geholfen, ohne etwas von ihr zu verlangen.

Wie sie sich auf das Feuer freute, das sie gleich anmachen würde! - In der Hohl war eine große Schneewehe. Mühsam arbeitete Anna sich hindurch. Ihre dünnen Kleider wurden naß, dann steif gefroren. Ein Stück weiter war ein alter Baum, davor eine Bank. Müde ließ sie sich darauf sinken, als sie oben war. Nur einen Moment wollte sie ausruhen. Am nächsten Morgen fand man sie erfroren unter dem Baum, das Brot in den Armen, als wäre es ein kleines Kind. Seit dieser Zeit heißt das Flurstück dort oben "Die Bettelfrau".

Die Kinder fanden solche Sagen immer wieder faszinierend, die an einem Ort gespielt haben sollten, den man so leicht erreichen konnte.

Gebete und Wünsche

Lina ging gerne in die Schule. Zwar hatte sie Angst vor den Buben, die immer zu allerlei Schabernack aufgelegt waren, aber der Lehrer war ein freundlicher alter Mann, der sie nicht nur wegen ihres Fleißes und ihrer schönen klaren Singstimme schätzte, die den Schulchor bereicherte; er wußte auch ihr lauteres, allem Schönen aufgeschlossenes Wesen zu schätzen und glaubte innig daran, daß es eine göttliche Fügung gewesen sei, die gerade dieses Kind hatte das Grauen an der Jammerhecke überleben lassen. Er meinte in ihren Augen den Engel zu sehen, der sie beschützt hatte, ein "himmlisches Leuchten", wie er sich einmal dem Pfarrer gegenüber äußerte, als er bei den wöchentlichen Treffen mit ihm, die die beiden alten Herren bei einem

guten Glas Wein so sehr schätzten, obwohl sie bei ihren philosophischen Gesprächen nicht immer einer Meinung waren und gelegentlich heftige Kontroversen in temperamentvollen Attacken austrugen, bemerkte.

"Dieses Kind wird nie fähig sein, etwas Böses zu tun", sagte er mit bedächtigem Kopfnicken. "Es trägt seine Armut mit der Würde der Könige und seine körperliche Versehrtheit wie einen Orden." - "Es wird den Bösen neidisch machen und sein Opfer werden", sagte der Pfarrer, "wenn es so ist, wie du sagst! Höre auf, sie zu loben! - Du lobst das Unglück auf sie herab!" - "Das wird nicht funktionieren! - Das Unglück war schon da! Das Böse hat schon versucht, sie zu vernichten. Aber da waren die Engel des Herren, die sie schützten, und ich bitte Gott, daß sie immer bei ihr sein werden." - "Ach, Schwärmer", antwortete der Geistliche. "Das Böse ist in der Welt wie Hell und Dunkel, Kalt und Warm, und wir alle stehen dazwischen. Oft dürfen wir uns nicht entscheiden, sondern müssen nehmen, was uns beschieden ist. Niemand lebt sein Leben, ohne die Grausamkeit des Schicksals in der einen oder anderen Form zu erfahren und niemand, so hoffe ich, dem nicht Momente innigen Glücks beschieden sind. - Aber wir müssen alles bestehen in der Hoffnung auf die göttliche Erlösung, die uns verheißen wurde. Amen."

So war es nicht nur die Mutter Linas, die innig für sie betete und ihrem Aufwachsen mit Freude zusah. Aus dem Kind wurde ein schönes Mädchen - schön, weil es von innen heraus strahlte, genau wie der Lehrer sie beschrieben hatte.

Wilhelm

Als Lina eines Abends aus dem Wald kam, war plötzlich ein fremder Mann bei ihrer Mutter, die krank war. Er war aus der Stadt gekommen. Seine Eltern waren hier vor vielen Jahren zu Hause gewesen, bevor sie starben. Er hatte sich seiner frühen Kinderjahre erinnert und gemeint, er könne hier seinen Frieden finden. Im Krieg war er Soldat gewesen und verwundet worden.

Jahre hatte er in Lazaretten zugebracht, nun wollte er sich hier von den grausamen Erlebnissen erholen. Da sein Einkommen für den Aufenthalt im Gasthaus nicht reichte, hatte die Gemeinde ihm auch Räume im alten Haus zugewiesen. Dafür sollte er, der einmal Mechaniker gewesen war, die alte Rathausuhr reparieren und in Gang halten, denn wer hatte im Dorf schon eine Uhr? Nicht mal auf dem bescheidenen Kirchturm war eine.

Lina sah in ein gutes, offenes Gesicht. Sie setzte ihr Bündel Holz in den Schuppen, dann rückte sie den Topf auf den Herd, um die abendliche Kartoffelsuppe aufzustellen. "Ihr seid oben sicher noch nicht eingerichtet", sagte sie freundlich, "wenn Ihr wollt, könnt Ihr einen Teller Suppe mit uns essen." Gerne nahm der Mann das an. Wie schön war es, in der warmen Küche mit Mutter und Tochter zu sitzen und zu vergessen, daß da draußen etwas anderes war als das Prasseln des Herdfeuers, das Klappern der Schüsseln und der Geruch nach Zwiebeln und einem kleinen Stückchen Speck, das fein geschnitten in den Topf kam und gebraten wurde, bevor der Topf mit Brühe und den Kartoffelstücken aufgefüllt wurde. Das Mädchen hinkte. Die schwere Tagesarbeit war viel für ihren beschädigten Fuß gewesen.

Schnell nahm er die Kartoffelschalen, bevor sie vom Hocker aufstehen konnte, und brachte sie auf den Abfallhaufen, den er vor dem Hühnerstall gesehen hatte. "Die Hühner müßten gemistet werden. Wenn sie den ganzen Tag im Wald arbeiten muß und dann noch die kranke Frau pflegen", dachte er, "wann soll sie das machen?"

"Wenn Ihr wollt", sagte er bei seiner Rückkehr in die Küche, "kann ich morgen die Hühner misten." - Linas Augen leuchteten. Noch nie hatte sie ihre Pflichten teilen können. Zugleich beschlich sie aber auch Verlegenheit. "Und wie kann ich das vergelten?" - "Vielleicht mal wieder eine Suppe? Die riecht so gut und kochen kann ich nicht - oder halt nur so, wie wir Männer das können." - "Dann mach ich Euch auch das Zimmer sauber!" schlug Lina vor. - Ach nein, das braucht Ihr doch nicht. Das haben wir beim Kommiß gelernt. Da hatten wir einen Feldwebel, der hat uns bis zum Abend exerzieren lassen, wenn er nicht zufrieden mit uns war. Selber hat er sich aber bedienen lassen wie ein Fürst. Wir nannten ihn immer "das Schwein auf Urlaub!" - Alle lachten.

"Wenn du nach oben gehst, kannst du ja mal gucken, wo es immer hereintropft, wenn es regnet" wandte sich die Mutter an ihre Tochter. "Nein, für Reparaturen bin ich jetzt zuständig", bekam sie von dem jungen Mann zur Antwort. Die beiden Frauen stießen zur gleichen Zeit einen erleichterten Seufzer aus. Das ließ sich gut an mit dem neuen Nachbarn. Es schien, als würde diese Nachbarschaft allen das Leben erleichtern.

Schon bald entstand eine kleine Gemeinschaft mit deutlicher Arbeitsteilung. Keiner von den dreien hätte sich vorher träumen lassen, wie gut das funktionierte. Alle spürten die bedrückende Armut etwas weniger. Es zog sogar eine gewisse Heiterkeit ein. Der Willem, wie man den neuen Hausbewohner nannte, wußte manche lustige Geschichte zu erzählen, als er immer vertrauter mit den beiden Frauen wurde. Bald wurde er regelmäßiger Kostgänger, trug aber mit seiner kleinen Rente auch wesentlich zur Aufbesserung der Haushaltskasse bei.

Irgendwann, als Wilhelm in der Kreisstadt gewesen war, brachte er sogar ein Radio mit, das in der Küche aufgestellt wurde. Er hatte es bekommen, weil es kaputt war, und wieder repariert. Nun klang manchmal aus dem geöffneten Küchenfenster Musik. Mißtrauisch beobachteten die anderen im Dorf die neu entstandene Gemeinschaft. Das, so meinten sie, könne nicht mit rechten Dingen zugehen, das Mädchen sei doch ein Krüppel und der "Soldat" doch auch! Das sei gegen die Moral! - Sie konnten sich die Wahrheit, so harmlos, wie sie war, einfach nicht vorstellen. Die lachten ja! Und das bei der Armut und unter diesen Umständen! Das konnte nicht stimmen! Nein, da mußte etwas Unheimliches, etwas tief Unmoralisches vorgehen! - Immer öfter fielen Bemerkungen über die Leute in dem alten Haus. Mal bezweifelte man Willems getreue Absichten, mal Linas Tugend. Einmal ließ sogar jemand eine Bemerkung vom "Sündenpfuhl" im alten Haus fallen, die endlich dem Pfarrer hinterbracht wurde.

Als Lina mit ihrer Mutter am nächsten Sonntag in der Kirche war, wurde über die "Sinnenlust" gepredigt. Alle starrten Lina an, die unbefangen dasaß und überlegte, wer den alten Mann auf der Kanzel wohl auf den Gedanken gebracht haben könnte, daß

es eine solche "Sinnenlust" in ihrem Dorf geben könnte. Dabei mußte sie lächeln, was bemerkt und ihr noch mehr als Verderbtheit ausgelegt wurde.

Die Mutter hatte ein besseres Gespür und sah die Blicke. Langsam begann sie zu begreifen. Vor Empörung begannen ihre Lippen zu zittern. Sollte das kleine Glück in ihrem Haus durch die Mißgunst anderer zerstört werden? - Nein! Sie beschloß, zu kämpfen. Noch war keine Bemerkung direkt gefallen. Noch konnte man tun, als sei das nicht auf sie bezogen, aber wenn...? Sie wollte sich an den Pfarrer direkt wenden, sozusagen "den Stier an den Hörnern packen", So bestand sie nach der Kirche auf einem Besuch im Pfarrhaus. Als sie dorthin kam, schlug ihr die Haushälterin die Tür vor der Nase zu. Solche wie sie hätten in einem christlichen Haus nichts zu suchen, bekam sie gesagt. Das war mehr, als sie ertragen konnte. Tränenüberströmt kam sie zu Hause an, aber weder ihrer Tochter noch Willem gegenüber gab sie Auskunft über ihren Kummer. Sollten wenigstens die beiden so lange davor bewahrt werden, wie es ging.

Es dauerte nicht lange, bis sie gewahr wurden, daß die übrigen Bewohner des Dorfes weniger offen und freundschaftlich waren als sonst - wenigstens die meisten. Einige wendeten sich ihnen in verschwörerischer Kumpanei zu und waren von einer unangenehmen Aufdringlichkeit. Sie gaben zu verstehen, daß sie ja für alles Verständnis hätten, jeder einmal in eine solche Situation verstrickt werden könne und nannten sich aufgeschlossen und fortschrittlich in Dingen der "Liebe". Man könne sich immer auf sie verlassen, und sie würden von dem allgemeinen Klatsch im Dorf auch nichts halten.

Gegen seine Gewohnheit besuchte Wilhelm eines Abends das Wirtshaus. Kaum hatte er sein Glas vor sich stehen, kamen die Aufdringlichen auf ihr Thema. Man könne ja verstehen usw., aber... und wo die Lina doch ein Krüppel wäre und so... bei ihm sei das ja was anderes, er habe seine Verwundung aus dem Krieg und wo man zur Zeit wieder den nationalen Stolz hochhalte, sei das ja eine Ehre. Aber Lina! - Die schreckliche Geschichte mit der Jammerhecke..! Und überhaupt! Wilhelm wehrte sich. Da sei doch nichts mit der Lina, als daß man zusammen wohne und einander behilflich sei. "Recht so", bekam er zu hören. Die Lina sei ein ordentliches Mädchen - nur daß sie immer in der Kirche hocke und bei ihrer Mutter. Ein wenig zu jung für ihn sei sie ja auch und er könne leicht in den andern Dörfern.... Er sei ja bei Gott kein alter Mann, höchstens auf der Höhe des Lebens und jetzt, wo der Pfarrer doch schon von der Kanzel gegen die Sünde gepredigt habe und....!

Endlich reichte es dem Willem. "Haltet alle das Maul, ihr!" - Schrie er und hieb mit der Faust auf den Tisch, warf das Geld auf die Theke und ging.

Zurück zum alten Haus machte er einen großen Umweg - über den Bergrücken an der Jammerhecke vorbei. Die armen Kinder, was mußten sie gelitten haben! Das Herz zog sich ihm zusammen. Und Lina war als einzige davon gekommen! - Sollte er eine andere Wohnung suchen? - Aber wie bezahlen? Und die schöne Hausgemeinschaft mit den beiden Frauen? - Und Lina? Sie war mit Sicherheit ein unbescholtenes Mädchen. Wie konnte er sie nur in diese Situation bringen! - Er sah ihr Gesicht vor sich und versuchte sich vorzustellen, wie er mit anderen Leuten leben würde, nicht mit ihr und ihrer Mutter. Er begriff, wie schwer das sein würde, wie er die beiden vermissen würde. - Ein trostloses Leben würde es sein, ganz wie früher. Aber hatte er eine andere Wahl? Konnte er Lina und ihre Mutter noch weiter dem Dorfklatsch aussetzen? Hatte Lina dann überhaupt noch eine Heiratschance? - Heirat? Daran hatte er nie gedacht. Lina hatte nie zu erkennen gegeben, daß sie darauf hoffte. Und so, wie sie war....

Wie war sie? - Hatte er im Lazarett nicht viele verstümmelte Menschen gesehen, die von ihren Ehepartnern sehnlichst erwartet wurden? Und er? War er verschont worden? - Und wenn er sich nicht vorstellen konnte, ohne die Frauen zu leben, war es dann nicht besser, daran zu denken, wie er den Zustand der Hausgemeinschaft auf eine Ebene bringen könne, die ihn auch für andere unantastbar machen könnte? - Trotz des quälenden Hustens, den er aus seiner Kriegszeit behalten hatte, hatte er sich unter der Pflege der Frauen erholt. Und dann: Sie beide waren durch ein Unglück verstümmelt. Ihre Kinder, wenn sie welche bekämen, wären frei davon. - Bei dem Gedanken an Kinder wurde ihm ganz warm. Was für eine wunderbare Mutter würde Lina abgeben! - Aber wovon sollten sie leben? Seine Rente war nicht genug. Aber war da nicht der Schuppen, die Hühner? Und könnte er nicht noch Kaninchen züchten und verkaufen? Natürlich mußte er bessere Ställe bauen und auf der Gemeinde um noch einen Raum fragen, vielleicht der, der so baufällig war. Mit ein paar Stützen konnte man ihn wieder richten, neue Bretter auf den Boden, dann wäre das der Raum für die Kinder, denn er war trocken und warm. Dann das Gerümpel vom Dachboden um Heu und Futter im Winter zu lagern. Mein Gott, was war zu tun! Mit großen Schritten ging er den Berg hinunter dem Haus zu. Es war merkwürdig still als er eintrat - kein Licht in der Küche - obwohl er die beiden Frauen leise sprechen hörte.

Da saß Lina neben ihrer Mutter, die auf sie einsprach, als er das Licht anmachte. Er sah, daß ihr dicke Tränen über die Backen liefen. "Was haben sie dir getan?" rief er. "Überflüssige Frage", dachte er", ich weiß es schon". -

Die Mutter erzählte stockend, daß ihre beste Freundin ihr die Freundschaft aufgekündigt habe, da sie fürchtete, ebenfalls in einen schlechten Ruf zu kommen, jetzt, wo sogar der Pfarrer in der Kirche über die Sünde gepredigt habe. Er nahm bedächtig sein Sacktuch heraus und wischte Lina die Tränen von den Backen." Gegen böse Leute ist man wehrlos", sagte er sanft. Aber er wisse, so fuhr er weiter fort, daß sie ein anständiger Mensch sei, viel anständiger als alle die Klatschmäuler einschließlich des Pfarrers, und er werde es ihnen schon zeigen! Und schließlich habe er sowieso schon darüber nachgedacht, daß sie weit und breit das beste Mädchen sei und er meine, sie sollten einfach heiraten. Hastig stürzten seine ganzen Pläne und Gedanken aus ihm heraus, über die Hühner, die Hasen, und daß er eine Wiese pachten könne um die Tiere zu füttern, das Zimmer oben reparieren könne er und noch viel mehr. Ein wilder Freudentaumel ergriff ihn, wie er ihn seit seiner Kindheit nicht mehr gekannt hatte. Lina schwieg und war über und über rot geworden. "Ach Gott," sagte sie schüchtern, "hast du mich denn schon mal richtig betrachtet? Meine Hand und mein Bein und die

Zehen hast du noch nie gesehen, und wirst du dich nicht grausen vor so einer Frau?"

- "Und wirst du dich nicht grausen vor mir?" fragte er. "Weißt du, diesen Husten vom Gasangriff bekomme ich nie wieder los! Du wirst ihn hören Dein Leben lang, und die Narben am Körper hast du auch noch nicht gesehen! Aber unsere Kinder hatten kein Gas und keine Jammerhecke und werden sein wie allerleuts Kinder, schier und glatt und schön - und wie du kochen kannst, auch rund. Und über die Jammerhecke laß ich sie nie laufen, sondern werde ich sie führen, bis sie in der Schule sind und hole sie dann ab mit einem kleinen Bollerwagen, wenn ihre Füßchen müde sind. Und außerdem wird es ein ganz wunderschönes Leben werden mit uns, nicht wahr, Mutter?"

Erst jetzt wandte er sich der alten Frau zu, aus deren Gesicht alle Falten verschwunden zu sein schienen. Ganz jung sah sie in diesem Augenblick aus, so jung, als habe sie selbst in diesem Augenblick einen Heiratsantrag bekommen. Lina starrte ihn gar nicht lieblich, wie Bräute zu sein pflegen, mit geöffnetem Mund ungläubig an. "Weißt du wirklich, was du da sagst? Du machst dir keinen Spaß mit mir? - Weißt du, das dürftest du nicht tun, das könnte ich nicht ertragen!" - Da nahm er fest ihre Hand in seine und drückte sie, daß es weh tat. "Morgen geh ich zum Pfarrer und rede mit ihm, dann hat auch das Geklatsch ein End, und wehe, er nimmt nicht zurück, was er in der Kirche gesagt hat!"

Vorsichtig drückte er Lina einen Kuß auf die Haare, dann murmelte er etwas von nochmal nach den Hühnern sehen müssen und ging hinaus. Die beiden Frauen schwiegen einen Augenblick, dann stieß Lina einen glücklichen kleinen Schrei aus und fiel ihrer Mutter um den Hals.

Soviel Glück konnte sie nicht fassen! - Nie war sie in die Nachbardörfer zu Tanzfesten gegangen, immer hatte sie sich ein wenig vor den wilden jungen Männern gefürchtet, die dort um die Mädchen scharwenzelten. Nein, sie glaubte, sie sei keine Schönheit. Das Trauma der Jammerhecke hatte sie nie ganz verlassen. Sie war nicht nur körperlich, sondern auch tief in ihrer Seele beschädigt worden, daher die leidenschaftliche Hinwendung zur Kirche, die ihr nun einen so herben Schmerz beschert hatte. Sie war sich nie mehr ganz vollwertig vorgekommen, irgendwie ausgeliefert, einer heimlichen Angst, die sie stets hatte unterdrücken wollen und doch nicht konnte. Und nun kam dieser heimlich so sehr bewunderte Mann und bat sie, ihn zu heiraten! - Sie wollte tanzen vor Glück und zugleich rannen ihr Tränen über die Wangen. "Mutter, er will mich wirklich heiraten! - Mutter, ich bekomme einen Mann, einen wunderbaren Mann!" rief sie. Die alte Frau erhob sich, nahm ihr zitterndes Kind in die Arme: "Magst du ihn so sehr?" - "Oh ja, so sehr und noch viel mehr", rief sie, sich von ihrer Mutter lösend und von neuem herumhüpfend, als Willem wieder in die Küche trat, rechtzeitig, um sie einzufangen und an sich zu drücken. Mit einem langen Kuß wurde die Verlobung besiegelt.

Am nächsten Morgen zog Willem seine Sonntagshosen und ein sauberes Hemd an, wusch sich die Haare, tunkte lange den Kopf ins Becken, um dann den triefenden Schnurrbart an beiden Seiten in die Länge zu ziehen. Rot und aufgeregt ging er in die Küche, wo Lina dunkles Brot in große Scheiben schnitt und neben den Malzkaffee auf den Tisch legte. "Hast du dir das überlegt, Mädchen? - Meinst du, wir zwei halten es miteinander aus?" fragte er gutmütig lachend. "Ja, wenn du mich so willst wie ich bin und nicht meinst, du könntest eine Bessere finden, dann würde ich dich schon nehmen. Die Mutter sagt auch, einen besseren Kerl als dich gäbe es nicht", sagte sie und sah ihn mit strahlenden Augen an. Da stand der Willem von der Bank auf, auf die er sich schon niedergelassen hatte. Als die Mutter in die Küche kam, fand sie die beiden in einer zärtlichen Umarmung, die der Anfang vieler guter Jahre war.

Aus dem Radio drangen sanft die Töne eines Schlagers. Ein Streifen Sonne fiel durch das Fenster und zeichnete Kringel auf die Dielen des Holzbodens und die Blumen auf der Fensterbank verneigten sich vor einem kühlen Morgenwind.

"Schnell, Mädchen, wir gehen noch vor der Arbeit zum Pfarrer" - "Zu dem will ich nicht", sagte sie plötzlich ungewöhnlich heftig. "Der hat so arges Zeug geredet!" - Vorsichtig zog Willem sie am Arm. "Was denn, willst du im Frankfurter Dom heiraten wie eine von den Reichen? Der Pfarrer ist auch nur ein Mensch und hat halt auf das Geschwätz der dummen Leute gehört. Ich bin sicher, es tut ihm schon längst leid! Hör nicht hin, was Dummköpfe sagen, wir zwei wissen doch besser, was wahr ist als die. Der hat doch nur nachgeredet, was ihm die Leute hingetragen haben. Aber du wirst sehen, dem stech ich auch noch Bescheid! Ich werde mein Mädchen schon zu beschützen wissen." -

So band sich Lina eine neue Schürze um und sie ging mit Willem zum Pfarrer. Es war kein "gemütliches" Gespräch, das der alte Herr an diesem Morgen mit Willem führte, denn er mußte zugeben, daß er dem Dorfklatsch aufgesessen war.

Der "Hirte" entschuldigte sich bei seinen "Schäflein", so gut er konnte mit seiner guten Absicht und stellte fest, daß vielleicht auch dieser Irrtum Gottes Wille gewesen sei, da er den Dingen zum Guten der Betroffenen Vorschub geleistet habe, also das eigentlich Böse vom Herrn benutzt worden war, um das Gute zu bewirken. Es wurde Friede geschlossen und der Hochzeitstermin auf den kommenden Mai festgesetzt.

Für die Leute im alten Haus begann eine aufregende Zeit. Das war gut so, denn so bekamen sie nicht mit, daß es außer denen, die ihnen nun aus vollem Herzen Glück wünschten und ihre Freude mit der kleinen Familie teilten, einige im Dorf gab, die von ihren wüsten Verdächtigungen nicht lassen wollten und hämisch warteten, ob sich Linas Bauch nicht doch vorschnell rundete. Aber sie hatten Pech. Lina blühte auf, aber von einer "Sündhaftigkeit" war nichts zu erkennen. Auch die Mutter schien gesünder zu werden, verließ manchmal sogar für ein paar Stunden das Haus, um auf der Bank in der warmen Frühlingssonne zu sitzen, und die milde Luft an den immer schöner werdenden Tagen zu genießen. Keine der Nachbarinnen ging vorbei, ohne ihr ein paar Worte über die Straße zuzurufen. Einige brachten frische Kräuter aus ihrem Garten, obwohl Lina auf einem Beet vor dem Haus zwischen den Blumen, die sie jedes Jahr zog, auch einige gepflanzt hatte, um die Mahlzeiten zu würzen. Willems Überlegungen zur Aufbesserung des Einkommens wurden in die Tat umgesetzt. Er arbeitete bis in die Nacht voller Elan. Kaninchenställe wurden gebaut und mit weichen, warmen

Geschöpfen bevölkert, der Hühnerstall wurde erneuert. Ein Teil des Schuppens aber wurde eine richtige Werkstatt.Willem begann alles zu reparieren, was zu ihm gebracht wurde, und sein technisches Können und seine Phantasie besonders da einzusetzen, wo die Mittel für teure Anschaffungen nicht reichten. Wenn nicht mit Geld bezahlt werden konnte, erhielt er hier einen Sack Kartoffeln, dort ein Beutelchen Mehl, Eier, mal ein Stück Schinken oder Wurst, Kostbarkeiten in einer Zeit, in der die Leute so wenig hatten.

Die Wohnung wurde geputzt, gestrichen und geschmückt. Eine kleine Kammer wurde zum "Eheschlafzimmer" gerichtet. Nachbarn hatten ein altes Bett aus dunklem Holz geschenkt, das Willem hellblau strich und die durchgelegenen Matratzen wurden neu gepolstert. Ein alter Schrank kam vom Speicher herunter und wurde ebenfalls gestrichen und ein Stuhl mit einer Lehne, die einer Leier glich, fand sich auch, wurde repariert und dem Mobiliar zugefügt. Große Kleiderhaken aus Eisen wurden an die Tür genagelt. Nun war das Zimmer komplett. Die Mutter nähte aus karierter Baumwolle Kissenbezüge. Vor allen Fenstern blühten Blumentöpfe. Die viele Arbeit ließ die Zeit verfliegen.

Mein Gott, man mußte ans Essen denken! Nun halfen, wie das in der Gegend üblich ist, auch die Nachbarn. Kuchen wurden gebacken, Eingemachtes aus den Kellern geholt und einer versprach als Hochzeitsgeschenk ein Spanferkel. Mutters Bruder brachte ein Fäßchen Bier ins Haus und der Willem suchte ein paar Hühner aus, die nicht mehr legten, die zum Fest geschlachtet werden sollten. Die jungen Frauen nähten für Lina ein Hochzeitskleid aus schwarzer Kunstseide mit einem weißen, selbstgeklöppeltem Spitzenkragen. Lina, die Braut, mußte den Brautkuchen machen, denn es war Sitte, daß die Braut einen riesigen Streuselkuchen selbst backen mußte, der dann am Tag nach der Hochzeit „ausgetragen" wurde.

Jeder, der einen Gruß oder ein Geschenk gebracht hatte, jeder Nachbar, jeder Vorbeikommende, bekam ein Stück davon. Der Kuchen wurde am Vorabend der Hochzeit vom Bräutigam auf dem größten Blech zum Dorfbackhaus gebracht, wo er gebacken wurde.

Dabei war das nun schon groß gewordene Nachbarskind Mariechen eine zuverlässige Hilfe. Das schönste Geschenk machte
der Pfarrer. Der alte Küster war schon lange kränklich. Nun
wurde er in Rente geschickt und der Willem wurde der neue
Küster, was ihm ein kleines, aber regelmäßiges Zubrot verschaffte.

Willem brachte seine "kleine Landwirtschaft" erstaunlich
schnell zustande. Die Gemeinde hatte ein Stück Land am Berg,
das schlecht zu verpachten war, weil der Boden karg und voller
Steine war. Willem nahm es, las tagelang die großen Steine ab
und schichtete sie unterhalb der Grundstücksgrenze auf, bis ein
kleiner Wall entstand, der das Regenwasser am schnellen
Abfließen hinderte. Dann legte er Terrassen an und begann, den
Abfallberg vor dem Hühnerstall in großen Körben auf dem
Rücken auf das Land zu tragen, zu verteilen und leicht unterzu-
harken.

Er kaufte Samen, und bald streckten kleine Möhren und Salat-
pflanzen ihre grünen Keime aus der Erde. Von den Nachbarn
ließ er sich Ableger von Johannisbeersträuchern geben und
pflanzte sie, Himbeeren und Brombeeren bildeten schon im
ersten Jahr eine kleine Hecke. Ein Pflaumenbaum und ein alter
Apfelbaum standen auf dem Grundstück, die schnitt und pflegte er und freute sich, als im April die ersten Blüten kamen. In
Gießkannen brachte er abends das Wasser herauf, bis sich eine
alte Tonne mit Regenwasser gefüllt hatte, die er so hingestellt
hatte, daß das den Berg herunter fließende Wasser aufgefangen
werden konnte. Kein bißchen Dung wurde vergeudet. Der
Platz vor dem Hühnerstall wurde frei. Lina pflanzte Blumen darauf.

Ein Bauer gab Willem eine alte Schubkarre, da konnte er alles
leichter "auf das Stück" bringen. Es wurde ein gepflegter Gemü-
segarten daraus. Lina pflegte ihre Blumen vor dem Haus, denn
sie träumte von einem schönen Brautstrauß und einer Blumen-
krone. Eine Brautkrone aus künstlichen Blüten und Flitter, wie
sie die reichen Bauerntöchter in manchen Gegenden trugen,
konnte sie sich nicht leisten, aber schön wollte sie sein für ihren
Willem.

Die Hochzeit

Es war ein wunderschöner Tag, an dem Lina und Willem getraut wurden. Unterhalb des Dorfes schäumte in den Wiesen der Bach vom letzten Hochwasser. Die Amseln sangen noch vor Tagesanbruch melodiöse Lieder, und eine weiche Luft strich durch das Tal und am Berghang entlang. Die Schwalben schrien durch die Straßen, wenn sie vom Bach Lehm zum Bau ihrer Nester an den Scheunen und Ställen holten oder Insekten fingen. Die Spatzen stritten sich um die Körner, die sie auf der Gasse fanden, die heute besonders sorgfältig gefegt worden war. Im alten Haus war man rege. Noch einmal wurden die Festtagskleider gebürstet und geglättet. Willem zog den feierlichen Küsterrock an, den er vom Pfarrer bekommen hatte. Der alte Küster war kleiner und dünner als er gewesen. Die Ärmel waren zu kurz und die Schultern etwas zu eng. Er konnte ihn nicht zuknöpfen, aber ein weißes, frisch gestärktes Hemd und die blank gewienerten Schuhe gaben seiner Erscheinung genug festlichen Prunk.

Lina hatte ihr Blumenbeet geplündert und steckte ihm ein buntes Sträußchen ans Revers, mit Myrten aus dem Pfarrgarten, aus denen ihr die Mutter einen Kranz machte, den sie ihrer Tochter in die feinen Löckchen band. In die Hand nahm Lina aber einen üppigen Blumenstrauß, den sie selbst gebunden hatte und der das strenge klösterliche schwarze Kleid, das die Nachbarinnen gemacht hatten, auffrischte. Ein hastiges Frühstück wurde eingenommen. Lina war vor Aufregung kaum in der Lage, einen Bissen herunterzuwürgen, als die Glocken der Dorfkirche zu läuten begannen.

Die kleine Wohnung war inzwischen voller Menschen. Nachbarinnen waren gekommen, um zu helfen, Nachbarn um Willem den "Letzten Rat" zu geben und schnell ein Schnäpschen zur Stärkung zu schlucken, das angeboten wurde, Gäste, die Geschenke brachten. Der Bürgermeister war eingetroffen. Er würde, wie es Sitte war, da der Vater der Braut nicht mehr lebte, die Braut zur Kirche führen. Willem nahm seine Schwiegermutter an den Arm, die von der andern Seite von einer Nachbarin gestützt wurde, denn jeder fürchtete, daß ihr die Aufregungen der letzten Wochen geschadet hätten. Der Weg in die Kirche war beschwerlich genug. Er könnte ihr die letzte Kraft rauben.

Aber wer in ihre Augen sah, die heller leuchteten denn je, mochte das bezweifeln. Das Glück der Tochter war ihr Glück. Die Tränen, die sie später in der Kirche weinte, flossen aus Freude und in der Erinnerung daran, wie hoffnungsvoll auch sie einmal mit ihrem jungen Mann dort gestanden hatte, und wie sein früher Tod so schnell alles zerstört hatte, was sie sich erhofft hatte.

Heute war ein neuer Anfang, denn die Armut nahm ihr nicht die Tochter, wie es den Bauern geschah, deren Töchter auf andere Höfe heirateten, sondern brachte ihr einen Sohn dazu. Nun würde alles leichter werden, Willem hatte darauf bestanden, daß nun, da er mehr Einkommen hatte und seine Pläne Wirklichkeit zu werden begannen, Lina die harte Arbeit im Wald aufgabe. Die Försterin hatte aber die junge Frau gebeten, nicht ganz zu kündigen, sondern ihr zweimal wöchentlich im Haus eine Putzstelle angeboten, was gerne angenommen wurde. Bis zum Tod des alten Försters viele Jahre später behielt sie diese Stelle.

Willem, das wußte die Mutter, würde gut für ihr Mädchen sorgen. Jetzt konnte sie beruhigt sterben. Zum ersten Mal dachte sie daran, verscheuchte aber den Gedanken schnell, als sie dem Zug voranging und endlich die kühle Dämmerung der Kirche betrat. Enkel würde sie haben, und Lina würde sie noch sehr brauchen. -

Wenn nur das Reißen in ihrem Leib nicht immer schlimmer würde! Dr. Braun hatte sie zum Arzt in der Stadt geschickt, der hatte von einer Operation gesprochen. Aber wie sollte sie das bezahlen? Sie hatte keine Ahnung, wie sie das anstellen könnte. Und schließlich, war ihre Nachbarin, die Habersche, nicht an einer solchen Operation gestorben? Dumpfe Angst befiel sie zuweilen. Sie wollte leben, bis sie Enkel hätte!

Die Kirche war festlich geschmückt. Die Brautleute wurden vor den Altar geführt, dann suchte sich jeder den ihm gebührenden

Platz. Die Leute schlugen die Gesangbücher auf und sangen den ersten Vers des angezeigten Liedes "So nimm denn meine Hände und führe mich".

Der Pfarrer trat ein. Die Trauung verlief schlicht und stimmungsvoll. Heute sei ein Freudentag, sagte der Pfarrer, da ein reines junges Paar vor diesen Altar trete, um den Bund fürs Leben zu schließen. Die Jammerhecke könne man getrost vergessen - zwar nicht die Kinder, die dort gestorben wären, - aber Freude sei ins Dorf gekommen, in dem so oft Trauer geherrscht habe. Das Kind, das an der Jammerhecke überlebt habe, habe den Bann des Bösen durch die Liebe gebrochen. Neues Leben würde über den Gräbern wachsen wie in jedem Dorf, und das Grauen habe keine Macht mehr, sondern die Hoffnung. Hier habe der Wille Gottes über die Finsternis und die Verzweiflung gesiegt, der weder dem Krieg noch der Natur das Recht eingeräumt habe, die Hoffnung auf immer zu vernichten. Ein tüchtiger Mann und ein braves Mädchen hätten zueinander gefunden, um den Bund für das Leben zu schließen, und man solle beten, und den Segen des Herrn auf beide herabbitten.

Er segnete das Brautpaar ein, der Kirchenchor sang, die Glocken läuteten.

Lina fühlte sich etwas betäubt, als der Gottesdienst vorbei war und Willem sie in die Arme schloß und küßte. Alle kamen auf sie zu, um dem jungen Paar zu gratulieren. Sie sah ihre Mutter weinen. Da machte sie sich von den anderen frei und ging auf sie zu:"Mutter, ich bleibe doch bei dir, ich bin immer noch deine Lina". Die Mutter lächelte.

In festlichem Zug verließen alle die Kirche und führten das Brautpaar, das nun Arm in Arm ging, zurück zum alten Haus. Im Hof waren Tische und Stühle aufgestellt. Aus dem Radio, das man auf die Fensterbank geholt hatte, erklang Musik. Die vorbereiteten Speisen wurden aufgetragen. Geschirr und Becher hatten alle mitgebracht. Willem holte mit einigen Männern ein Geschenk aus dem Keller, ein Bierfaß, das angestochen wurde. Der Onkel brachte aus dem Backhaus das fertig gebratene Spanferkel, die gebratenen Hühner und Hasen wurden zerteilt, Gläser mit Eingemachtem wurden geöffnet, ein festliches Schmausen begann, nachdem der Pfarrer das Tischgebet gesprochen hatte. An diesem Tag übernahmen die Nachbarn das Füttern der Tiere, obwohl Lina doch einmal leise zu ihren Hühnern schlich, um ihnen frisches Wasser zu bringen, und Willem mal einen kurzen Blick in die Ställe der Hasen warf. Die eine Häsin würde bald Junge bekommen. Heute waren sie reich wie Könige. Niemand konnte glücklicher sein als sie.

Am Abend begannen die Leute zu singen und zu tanzen. Schnell räumte man die Tische an den Rand des kleinen, frisch gefegten Hofes. Irgendwer hatte eine Harmonika, ein anderer brachte einen Schellenbaum und wieder ein anderer eine Trommel. In der warmen Frühlingsnacht ging es nun erst richtig los.

Das Radio wurde zurück ins Zimmer gestellt und so hörte niemand hin, als eine Nachricht über einen gewissen Hitler aus Österreich kam. In den Städten schlugen sich die Roten mit den Braunen. Eine der Frauen, die half, das Geschirr abzuwaschen, sagte: "Typisch Städter! - Die haben Zeit für sowas. Hier auf dem Dorf, wo die Leute wirklich arbeiten, wäre so etwas gar nicht möglich." - Die andern Frauen stimmten ihr zu, eine aber meinte doch, daß man mit den Deutschen gar zu schlecht umgesprungen sei, und daß man den Stolz und das Wohlbefinden eines Volkes nicht so mit Füßen treten könne. Auch wäre man nur so arm, weil schließlich die Juden das Volk ausgebeutet hätten. "So", sagte der Krämer Meier beleidigt, der gerade herein kam, "ich beute Euch also aus?" - " Du doch nicht! - Du bist ja so arm wie wir! Aber in den Städten, in der Regierung, da haben doch Deine Leute das Sagen!" - "Jetzt aber Schluß!" fuhr eine dazwischen, und es wurde an diesem Abend nicht mehr davon gesprochen.

An diesem Abend wußte niemand, was sich da zusammenbraute, und so ging die Hochzeit von Lina und Willem vorüber, und beide sagten, das sei der schönste Tag ihres Lebens gewesen. Immer stand später ein Foto von ihnen beiden als Brautpaar auf dem Küchenschrank, wie sie vor der Kirche gestanden hatten und in die Kamera lächelten. Linas alter Lehrer hatte einen Fotografen aus Usingen herbestellt. Das war sein Geschenk gewesen - und kein schlechtes, wie die jungen Eheleute immer wieder voller Freude betonten.

Kinder

Es war noch kein Jahr seit der Heirat der jungen Leute vergangen, als Linas Mutter so schwach wurde, daß sie das Bett nicht mehr verlassen konnte. Bevor sie starb, konnte Lina ihr ins Ohr flüstern, daß sie ein Kind erwartete. Ein trauriges Lächeln ging über das Gesicht der Todkranken. "Ach, ich hätte das Kleine so gerne mit großgezogen! Und wer wird dir helfen, wenn du in die schwere Zeit kommst?" - "Aber Mutter, mach dir keine Sorgen! Ich habe doch meinen Willem!" - "Ja, der Willem ist ein Glück für uns alle. Gott segne euch beide und das Kindchen auch!" - Als sie gestorben war, nahm das ganze Dorf Anteil an der Beerdigung, und es war trotz des bescheidenen Fichtensarges ein würdiges Leichenbegängnis.

Lina nahm sich mehr Zeit für das Mariechen, das in ein schwieriges Alter gekommen war und mit der Pflegemutter nicht so recht zusammen kam. Lina erinnerte sich, welchen Schock die Kleine erlebt hatte, als sie erfuhr, daß sie nicht das leibliche Kind ihrer Eltern war. Heulend war sie zu Lina gekommen, um ihr ihr Herz auszuschütten. Mit Lina hatte sie die Liebe zu den Hühnern und dem Garten gemeinsam, und als sie größer geworden war, übergab ihr die Mutter die Fürsorge für diese beiden Bereiche ganz und sagte zum Bauern: "Siehst du, Vater, das Mädchen ist doch auch ganz nützlich für den Hof, gell?" - Der Vater brummte etwas Zustimmendes, ärgerte sich aber zugleich, daß der Bub überhaupt keine Lust hatte, ihm auf dem Hof zu helfen, den er schließlich ja mal erben sollte. "Na, vielleicht, wenn er größer würde!" Dabei vertuschte er vor sich selbst die Tatsache, daß die Buben auf den anderen Höfen längst mit ihren Vätern auf dem Felde waren um Handreichungen zu machen und dem Bauern die schwere Arbeit zu erleichtern.

Sogar ein gewisser Trotz machte sich bemerkbar. Als der Vater ihn einmal zur Rede stellte, platzte der Junge damit heraus, daß ihn die ganze Sache ja nichts anginge, da er nicht der richtige Sohn sei. "Woher hast du das?" fragte der Vater scharf, und wußte im selben Augenblick, daß so etwas in einem kleinen

Dorf nicht verborgen bleiben konnte, denn was die anderen Kinder wußten, würden auch seine eigenen in der Schule erfahren. Vielleicht hätte er jetzt etwas Nettes, etwas Freundliches sagen sollen, aber er starrte nur böse vor sich hin und sagte: "Dummes Geschwätz! Auf sowas hörst du natürlich!"

Der kleine Paul blieb hilflos zurück. Dann rannte er zu Mariechen. Jetzt mußte er auch bei ihr das Geheimnis loswerden. Für Mariechen begann eine qualvolle Zeit. Das Wer, Was, Wie begann sie zu beschäftigen. Bald aber begann sie sich selbst Antworten zu erfinden, denn von der Mutter war nichts zu erfahren. Oder hätte sie ihr sagen sollen, daß sie von einer unbekannten Mutter verstoßen worden war, als sie noch ein winziges Menschlein war? Das Mädchen suchte etwas, was ihm sein Selbstvertrauen wieder gab. Sie begann sich Geschichten auszudenken und war bald das entführte Kind aus reichem Hause, bald von Zigeunern verschleppt und dann liegengelassen, während sich eine unbekannte Mutter die Augen nach ihr ausweinte, dann wieder eine entführte Prinzessin. Erst Lina hatte eine Antwort gewußt: "Siehst du, andere Leute müssen ihre Kinder nehmen, wie sie sie kriegen. Deine Eltern konnten dich aussuchen. Es waren viele Kinder da, die gerne mitgegangen wären, aber Dich haben sie geliebt vom ersten Moment an!" - Und so weit war Lina ja von der Wahrheit garnicht entfernt. Paul unterlag seinen Ängsten aber, wurde eine ganze Zeit lang schwermütig und traurig und wenn Mariechen ihn in ihre neue Freude einbeziehen wollte, sagte er nur: "Du spinnst wieder!" Als er dann diese Phase überwunden hatte, schlug er ins genaue Gegenteil um, wurde frech und abweisend, so daß ihn die Erwachsenen streng zur Ordnung rufen mußten. Lina lächelte, als sie sich daran erinnerte - und welche noch innigere Freundschaft sie durch diese Auskunft von Mariechen dafür erhalten hatte. Und nun würde sie in einigen Wochen selbst ein Kind bekommen. Die Freude mischte sich mit dem Schmerz um die tote Mutter, und sie biß sich fest auf die Lippen, um nicht loszuweinen.

Lina bekam einen Sohn, zwei Jahre später ein blondlockiges kleines Mädchen, das aller Liebling war. "Sie ist dir unglaublich ähnlich", sagte Willem immer wieder, vergaß aber nicht, sich in freudigem Erstaunen über die Intelligenz und Geschicklichkeit seines Sohnes zu freuen. Jetzt kam Mariechen oft zu Lina. Sie war für ihr Alter schon recht erwachsen geworden. Sie hütete die Kleinen mit derselben Liebe, die Lina ihr hatte zukommen lassen.

Paul wurde ein großer Junge und war einer der ersten, der Mitglied des neugegründeten "Jungvolks" wurde. Plötzlich waren sie da, sangen, marschierten und machten Kampfspiele wie Soldaten mit Kindergesichtern, schrieen etwas von "Führer und Reich" und steigerten sich in wilde Begeisterung hinein. Sein Stolz war wieder hergestellt. Er stellte ihn reichlich zur Schau. "Etwas Zucht kann dem Jungen nicht schaden", meinte der Vater achselzuckend, als sich die Mutter über das übertriebene Gebaren beschwerte. Auch Mariechen mußte zum BDM. Sie tat es ohne Begeisterung. Was Paul an denen so toll fand konnte sie nie verstehen. Sie blieb lieber bei ihren Hühnern, dem Garten und Linas Kindern.

Paul änderte sich ganz gewaltig. Sein Ton war manchmal schwer zu ertragen. Er wurde ungeheuer aktiv, rannte durchs Dorf, organisierte Jugendfeste, Turnfeste für Hitlerjungen und andere Veranstaltungen und erzählte von der Herrlichkeit des germanischen Volkes und seines Reiches. Das Organisieren schien ihm zu liegen. Er fand immer was zu tun. Auch dem Vater kam das gelegentlich zugute, denn in der Erntezeit organisierte er eine "Erntehilfe" für die Bauern, die wirklich nützlich war, auch wenn er selbst sich dabei nicht so gerne die Hände schmutzig machte. Er fand immer jemanden, der ihn vertrat, wenn es mit der Arbeit ernst wurde.

Meier

Die Zeit verging. Hitler war an der Macht. Im Allgemeinen merkte man wenig im Alltag des Dorfes- oder doch? Der sonntägliche Kirchgang war nicht mehr für alle selbstverständlich und es gab einen "Reichsbauernverband". Ab und zu sah man braune Uniformen. An Hitlers Geburtstag sprach der Ortsgruppenleiter. Der Bürgermeister mußte in die Partei eintreten, um Bürgermeister bleiben zu können.

Eines Tages wurde der Jude Meier mit seiner ganzen Familie abgeholt. Er würde ins Ausland abgeschoben, hieß es, weil man nun keine Juden im Reich mehr dulden könne. Andere sagten, die Juden kämen in Arbeitslager, damit sie endlich mal wieder arbeiten lernten. "Gearbeitet hat der Meier aber doch sein Leben lang", sagten die Alten. Die Leute regten sich auf. Das sei wieder so ein neumodischer Kram. Der Meier und sein Vater, ja, auch sein Großvater, waren immer so arm gewesen wie alle und hatten immer bei ihnen gewohnt. Sein ältester Bruder war mit den anderen Kindern an der Jammerhecke umgekommen. Oft hatte man bei ihm anschreiben können, wenn das Geld beim Einkauf nicht reichte.

Nie hatte er gedrängt, wenn einer in Not war. Immer war er dabei gewesen, in den Vereinen, bei der Arbeit. Immer hatte er seinen Anteil an den Lasten der anderen mitgetragen. Und nun sollte das alles nicht mehr wahr gewesen sein? Die Gemeindeverwaltung versuchte sich zu widersetzen und wurde scharf verwarnt. Man könne auch andere Saiten aufziehen in Usingen, wenn man sich widersetze. Den Juden würde ja nichts Schlimmes geschehen, versicherte man. Höhnisch schrieb man behördlicherseits vom "Musterjuden" als einem seltenen Exemplar, das die Bürger nicht hergeben wollten.!

Der Druck wurde zu groß. Man mußte sich fügen. Der Bürgermeister wurde durch einen "verläßlicheren" Nationalsozialisten, der aus dem Vordertaunus kam, ersetzt. - Bald vergaß man das Unglück und die Empörung, wenn auch der kleine Laden entsetzlich fehlte.

Eines Tages fuhr laut klappernd ein dreirädriger Karren durch das Dorf und blieb auf dem Platz vor dem alten Haus stehen, beladen mit Lebensmitteln. Ein Mann mit einer großen Schelle klingelte und teilte mit, daß er nun jede Woche käme und den Leuten Waren brächte. Sie kauften bei ihm, merkten, daß er gut war und reelle Preise hatte, und vergaßen den Juden ganz.

Sommer

Linas Kinder blieben von alledem unberührt. Die kleine Familie lebte bescheiden und glücklich. Die Kinder waren Willems und Linas ganze Freude. "Womit haben wir soviel Glück verdient?" fragten sie manchmal einander. Manche Stunde blieb auch den Kindern später, als sie längst erwachsen waren und die Härten des Lebens erfahren hatten, in besonders schöner Erinnerung, wie jener heiße Tag im Sommer: Karli und Kathi lagen am Weg zur Wiese auf der Erde und zeichneten mit ihren Zeigefingern Figuren in den Staub. Karli hatte sich auf den Bauch gelegt, die Beine hinten aufgestellt und wackelte mit ihnen in der heißen Sommerluft herum. Kathi kniete, sich vornüber beugend, ganz in ihr Spiel vertieft. Die Sonne schien durch ihre blonden Locken und zeichnete einen hellen Schein um ihren Kopf. Karli hielt inne und betrachtete heimlich die jüngere Schwester. Eine Welle von Zärtlichkeit stieg in ihm auf. Er wollte sie immer beschützen, dachte er. Laut sagte er: "Ich finde, wenn du groß bist, brauchst du gar nicht zu heiraten. Wir könnten doch zusammenwohnen, dann könnte ich die Arbeit für die Männer tun und du die Arbeit für die Frauen." - "Dummkopf", bekam er zur Antwort, "wenn ich nicht heirate, bekomme ich doch keine Kinder!" - Und dann verächtlich: "Und wo willst du schon Kinder herkriegen?" - Beleidigt verzog Karli das Gesicht: "Dann eben nicht, du blöde Kuh!" - Wie hätte er auch die Gefühle erklären können, die ihn für seine kleine Schwester erfüllten. - Da war es schon besser, "männliche" Grobheit zu demonstrieren. Kathi wischte mit der Hand die Kunstwerke im Staub fort: "Deine Nase läuft." - Ein schmutziger Zeigefinger fuchtelte unter seinem Gesicht herum. Mit dem Handrücken wischte er sich unter der Nase und verteilte den Erfolg seiner Wischerei auf seinem Hosenboden. "Deine auch". -"Macht nichts, ich nehme meine Schürze." Laut schneuzte sie sich in den Zipfel ihrer Dirndl-schürze. - "Igitt!" - schrie der Junge auf. "Gehen wir runter zum Bach und waschen das wieder aus!"- Maulend folgte ihm die Kleine, überholte ihn dann aber plötzlich mit flinken Sprüngen

und eilte ihm voraus. Der Bach war sehr klein. Es hatte schon lange nicht mehr geregnet, aber sie fanden eine Stelle, wo ihnen das Wasser bis über die Knöchel ging. Vorsichtig balancierten sie über die Kiesel, die zuweilen mit Abbrüchen und Spitzen in die Sohlen der kleinen Füße stachen. Dann fanden sie zwei dicke Steine im Bachbett, auf die sie sich setzten. Kathi begann, ihren Schürzenzipfel auszuwaschen. "Deine Hose auch", wollte sie sagen, als sich Karli weit vor beugte um eine kleine Ellritze zu verfolgen, die da schwamm, sodaß er von seinem Stein rutschte und mit dem Hosenboden im kühlen Wasser saß. "Jetzt ist meine Hose auch sauber", sagte er, vor Lachen prustend." - "War auch nötig," kicherte das Mädchen. - "Also gut, jetzt wasche ich mich wie am Sonntag", verkündete der Bub salbungsvoll und schüttete sich Wasser auf den Kopf, das Gesicht und den Hals, so lange, bis die braunen Schlieren verschwanden, die sich unter seinen Bemühungen gebildet hatten. Dann sang er: "Ich bin der Doktor Eisenbart, widewidewittbumbum, kurier' die Leut' nach meiner Art, widewidewittbumbum!" - "Widewidewittbumbum!" - echote seine Schwester. Wieder prusteten sie ausgelassen los. Kathi bespritzte sich die Beine so hoch sie konnte, dann die ihres Bruders, der spritzte zurück. Kathi quietschte wie ein kleines Schweinchen.
Endlich hatten sie genug. Sie waren ganz naß. "Nun müssen wir uns trocknen, " belehrte der große Bruder. Sie stiegen aus dem Bachbett, zurück auf den Weg. "Ob Mutter schon zu Hause ist?" - Langsam schlenderten sie auf das Haus zu. Niemand war da. Sie setzten sich auf die Türschwelle in die Sonne. Als Kathis Beine steif wurden, stand sie auf. Ihr kleiner Po hatte einen nassen Fleck hinterlassen und sich genau abgezeichnet. Sie kicherte. "Laß mal sehen, ob bei dir auch!" - damit zog sie den Bruder am Arm nach oben. Auch er hatte einen indiskreten Abdruck hinterlassen. Er setzte sich auf die andere Seite der Tür und lehnte sich an den Pfosten. Kathi rutschte ihm nach, plapperte noch etwas vor sich hin, lehnte ihren Kopf an seine Schulter und schlief ein. "Na sowas!" dachte er. Aber er rührte sich nicht, um sie nicht zu stören - und dabei schlief er auch ein. So fand sie die Mutter, als sie heimkehrte. Ihre Kleider waren wieder ganz getrocknet.

Krieg

"Wollt Ihr den Totalen Krieg?" schallte es aus dem Volksemp-
fänger in der Küche. "Nein!" brüllte Willem und bekam einen
schlimmen Hustenanfall. "Diese Idioten wissen ja gar nicht, was
Krieg ist", schimpfte er, als er wieder Luft bekam. Der ver-
dammte Husten! - Er quälte ihn mehr und mehr. Aber niemand
hörte auf Willem und die vielen anderen, die wußten, was Krieg
war. Und so gab es Krieg.

Paul war einer der ersten, der eingezogen wurde. Wie ein Hahn
stolzierte er mit seiner neuen Uniform herum. Mariechen wurde
mehr und mehr die Stütze der alternden Eltern. Paul war einer
der ersten, der fiel. Es folgten in den kommenden Jahren noch
viele der jungen Söhne, Brüder und Väter.

Und wieder sah man im Dorf nur alte Männer. Die jungen Frau-
en fuhren mit dem Bus in die Fabriken der vor der Höhe liegen-
den Städte. Vorübergehend wurde es fast so einsam wie nach der
Zeit, als das Unglück an der Jammerhecke geschehen war und
nach dem Ersten Weltkrieg. Dann dröhnten in den Nächten
Flugzeuge über die Berge, um eine tödliche Fracht in den Städten abzuladen. Immer mehr Städter aus Frankfurt und Umgebung, sogar aus Berlin, bevölkerten nun die Dörfer im Taunus,
um den nächtlichen Bombardements zu entgehen.

Lina war froh, daß ihr Willem das nicht mehr mitmachen mußte,
und daß der Karli noch zu jung war, denn trotz der Siegesmel-
dungen im Radio kamen immer mehr Todesnachrichten.

Bestimmte Dinge waren nicht mehr zu haben. Die Bäuerinnen
gingen nicht mehr mit den Hocken über die Saalburg. Lieferwa-
gen holten die Sachen jetzt ab und brachten sie in die Stadt. Als
in Homburg Bomben fielen und zwei Lehrerinnen dabei ums
Leben kamen, wurden die Kinder des Waisenhauses ins Dorf
gebracht und auf die Familien verteilt. So waren zusätzliche
Esser da, aber auch manche zusätzliche Arbeitskraft. Einige
Kinder blieben. "Urlauber" wurden gelegentlich einquartiert
zum, "Erholungsurlaub vom Lazarett".

Friedrich

In einen solchen, feschen Uniformierten verliebte sich das nun achtzehnjährige Mariechen und heiratete überstürzt. Niemand wunderte sich, denn solche "Heldenheiraten" waren an der Tagesordnung. Dann verschwand der junge Ehemann nach seiner Genesung wieder in den Krieg.

Die Versorgungslage der Städte wurde schlechter. Die Städter kamen in die Dörfer, um Nahrungsmittel zu tauschen oder zu kaufen.

Nach fünf Jahren endete der Krieg in einer Katastrophe. Flüchtlinge, Ausgebombte, Gestrandete, zogen durch das Gebirge, auf der Suche nach einer Zukunft. Jemand erinnerte sich an den Kaufmann Meier und stellte Nachforschungen an. Man erfuhr, daß er mit seiner ganzen Familie in einem KZ umgekommen war. Die Leute waren erschüttert und trauerten. Der Pfarrer hielt in der Kirche einen Totengottesdienst für die Familie Meier. Nur wenige blieben fern.

Das Mariechen hatte inzwischen den Hof bekommen. Nach Jahren kam ihr Mann aus der Gefangenschaft zurück. Er drängte Mariechen, daß sie den Hof aufgeben solle, da er als Maurer viel mehr verdienen könne. Die alte Bäuerin und Mariechen wollten davon nichts wissen. Da ließ er seine Frau allein mit den alten Leuten wirtschaften und zog mit seinem Bautrupp von Ort zu Ort. Es gefiel ihm immer mehr, am Abend mit seinen Arbeitskollegen in irgendeiner Kneipe zu sitzen, als noch auf dem Hof zu helfen. Der Alkohol wurde für ihn unentbehrlich und öfter kam es vor, daß er im Suff Frau, Kinder, ja sogar die Mutter und den alten Onkel drangsalierte, der im Krieg nach dem Tod seiner Frau zu ihnen gezogen war.

Seine Besuche im Dorf wurden seltener, aber er brachte auch kein Geld mehr nach Hause. Der Hof mußte für alle sorgen. Die alte Bäuerin war verbittert und wurde zänkisch. Ein Glück, daß Mariechen einen gesunden Geschäftssinn hatte und das Anwesen und das Geld zusammenhielt. Wie froh war sie, wenn Kathi ihr die Kinder abnahm oder ihr bei der Arbeit half. Sie schloß sich einer Genossenschaft an. So konnte sie immer Männer oder Maschinen bekommen, die ihr bei der Feldarbeit halfen. Wenn ihr Mann auftauchte und er war nüchtern, begann er stets etwas zu bauen. Eines Tages sagte Mariechen, er solle den Anbau an der Scheune in Wohnungen umbauen. Er begann damit, verließ die Baustelle schließlich aber doch, wenn er sich während der Arbeiten einen Rausch angesoffen hatte. Dann schlief er. Später verschwand er wieder und der Anbau blieb unfertig liegen.

Lange Monate war er weg. Plötzlich bekam Mariechen einen Telefonanruf, sie solle nach Marburg ins Krankenhaus kommen, da sei ihr Mann. Er war besoffen von einem Gerüst gestürzt. Sie fuhr hin. Da sagte ihr Friedrich, daß ihm alles schrecklich leid täte, und daß er nun mit nach Hause kommen würde. Der Arzt, mit dem sie sprach, erklärte ihr, daß ihr Mann nicht mehr lange zu leben hätte. Man hatte in Marburg seine Leber getestet und festgestellt, daß sie durch den vielen Alkohol völlig zerstört war. Er dürfe keinen Tropfen mehr trinken.

Als er entlassen wurde, kam er tatsächlich nach Hause. Er begann den Anbau fertig zu machen. Dann baute er die Scheune um. Vier Wohnungen wurden fertig. Mieter zogen ein. Sogar der alten Bäuerin und dem Onkel baute er ein Altenteil, wo sie mehr Ruhe fanden, als in der quirligen Wohngemeinschaft einer großen Familie. Der Onkel wurde langsam wirr im Kopf. Ständig behauptete er, ihm sei etwas gestohlen worden. Seine Sachen fanden sich an den unmöglichsten Orten. Mariechen besprach sich mit ihrer Mutter und Friedrich. Sie beschlossen, die Äcker zu verpachten und nur noch die Hühner und die Schweine zu behalten. Als sich die Mieter über den Geruch, den die Schweine verursachten, beklagten, verzichteten sie auch auf die Schweine. Alle Gebäude sollten zu Wohnungen ausgebaut werden, die das Mariechen verwaltete. Das war ein kluger Entschluß. Die Wohnungen waren begehrt und brachten genug Geld für die Familie. Die Jungens gingen aufs Gymnasium, sie würden sowieso keinen Bauernhof übernehmen. Friedrich begann wieder zu trinken. Er habe nichts mehr zu verlieren, und Mariechen werde gut ohne ihn fertig, sagte er. Eines Tages wurde er bewußtlos auf der Straße gefunden. Er kam ins Krankenhaus und starb. Käthi war erstaunt, als sie das Mariechen sagen hörte, sie sei froh, daß Friedrich nun tot sei. Es sei auch besser für die Kinder. Das mußte sie der Mutter berichten! Wie konnte eine Frau so von ihrem Mann sprechen!

Lina sah freundlich in das erhitzte Gesicht ihrer Tochter, die, das mußte sie sich zugeben, ein hübsches junges Mädchen geworden war. Vorsichtig erzählte sie ihr, daß der Friedrich nicht immer gut zu seiner Familie gewesen sei. Er habe, wenn er betrunken gewesen war, sich oft an Mariechen oder den Kindern vergriffen. Außerdem habe er dem Ältesten, kaum daß er laufen konnte, versucht, Bier zu trinken zu geben, was bestimmt nicht gut für ein kleines Kind sei. Später, als die Buben älter wurden, habe er sie immer wieder zum Trinken verleiten wollen, ja ihnen Alkohol geradezu aufgedrängt, denn, so habe er damals gesagt,er wolle aus seinen Buben richtige Männer machen. Als ob Alkoholismus etwas mit Männerkraft zu tun hätte!

Käthi war empört. Dennoch, so meinte sie, müsse man immer wieder den Versuch machen, einen dermaßen irregeleiteten Menschen zu unterstützen und auf den richtigen Weg bringen. Das sei ja geradezu Christenpflicht. Ihn auszugrenzen sei wohl das Schlimmste, was man einem solchen Menschen antun könnte.

"Das gute Herz!" dachte Lina. Behutsam versuchte sie ihrer Tochter zu erklären, daß es auch dafür Grenzen geben müsse, wenn der Wunsch zu helfen für die Umgebung, besonders für die Kinder, so unerträgliche Komplikationen herbeiführen würde, daß man auf die eine oder andere Art eine Änderung zum Schutze der Familie herbeiführen müsse. Die Seelen von Kindern seien zerbrechlich, man müsse sie viel mehr vor schädlichen Einflüssen schützen, als sie glaube. "Ihr habt Glück, daß Ihr einen so guten Vater habt", sagte sie, und wischte sich im Gedanken an ihren Willem mit dem Schürzenzipfel über die Augen. Sie war in Sorge um ihn, denn obwohl er es nicht zugab, war sein Husten schlimm geworden, und seine Kraft ließ nach. Außerdem habe das Mariechen, fuhr sie fort, doch wirklich getan, was ihm möglich gewesen sei. Daß dabei die große Liebe in die Brüche gegangen sei unter dem ständigen Druck, das sei ja kein Wunder!

"Im Angesicht des Herrn"

Lina war mit den Kindern im Gottesdienst. Sie war nicht sehr bei der Sache, mußte sie sich eingestehen. Sie machte sich Sorgen. Willem hatte in der Wohnung den großen Kachelofen gebaut. Gut, die Gemeinde gab Geld zum Material und jetzt waren alle Zimmer schön gleichmäßig warm, aber er fraß viel Brennmaterial. Kohlen und Briketts wurden gebracht, aber dann mußte Willem sie in den Keller schaufeln und er ließ sich nicht nehmen, sie später zum Heizen herauf zu holen. Nun, der Karli würde größer werden, dann könnte er seinem Vater die Arbeit abnehmen. Es war kalt in diesem Herbst. Man mußte schon heizen! - Auch Feuerholz war in diesem Jahr überreichlich da. Willem hatte es mit dem Bollerwagen aus dem Wald geholt, gespalten und geschichtet. Der Hof war ganz voll davon.
Es würde sogar noch für das nächste Jahr reichen. "Er sollte sich wirklich nicht so abquälen", dachte sie. - Nun hatte sie nicht mitbekommen, was der Pfarrer noch gesagt hatte! Ihre Gedanken waren fortgelaufen. "Herr, verzeih mir!" betete sie still. Der Gottesdienst war vorüber. Die Kinder zogen an ihrem Kleid. Sie drängten hinaus ins Freie. Draußen hatte es gefroren. Auf dem Heimweg fanden sich immer wieder Pfützen, die mit dünnem Eis überzogen waren. Die Kinder sprangen von Pfütze zu Pfütze und zertraten das leise klirrende Eis an den Rändern. Wenn sich eine besonders bizarre Form gebildet hatte, betrachteten sie sie erst einen Moment, bevor sie sie zerstörten. Manchmal gaben sie den Formen Namen. Da waren Spitzehausformen, die Männleinform, der Heuhaufensack, der Wurzelstockpalast und viele andere mehr. Lina lachte, als Käthi ausrutschte und auf ihren runden Po fiel. Als sie nach Hause kamen, war der Vater schon weg. Aufs Stück wollte er, hatte er gesagt, weil einige Pflanzen noch vor dem Frost zu schützen gewesen wären. Er wollte sehen, ob ihnen der Frost letzte Nacht geschadet hatte.
Wilhelm unterdrückte den Hustenanfall, bis er aus dem Dorf war, dann lehnte er sich an den Stamm eines Obstbaumes, der am Weg stand und überließ sich für eine ihm endlos vorkom-

mende Zeit dem Husten, der ihn schüttelte wie nie zuvor, ihn in sich zusammenbog und lange nicht wieder losließ. Danach versuchte er durchzuatmen. Es stach in den Lungen. Langsam kam er wieder zu sich, straffte sich und versuchte erste, zögernde Schritte vom Baum weg, an den er sich gelehnt hatte, um nicht umzusinken. Er sah um sich. Vor ihm war der Weg, der zum Stück führte und dann in einem Bogen daran vorbei weit auf die Höhe zur Jammerhecke. Der neue Bürgermeister wollte dort einen Parkplatz anlegen, damit die Taunuswanderer bis auf die Höhe fahren konnten. Die Bürger hatten sich gewehrt. Die Wegeinfahrt von der Straße aus war weit genug. Es konnten gut vier Autos hintereinander am Wegrand stehen, ohne die andern zu hindern, das sollte genügen, meinten sie. So war alles beim alten geblieben. Immer noch erfaßte die Leute große Trauer, wenn sie an der Stelle vorbeigingen, immer noch erzählten sie sich schaudernd von dem Unglück. Willems Gedanken waren weit weg davon. Er sah auf dem gegenüberliegenden Berg späte Morgennebel wehen, die wie Gespensterfrauen ihre langen, weißen Schleier hinter sich herzogen. Der Himmel war milchig. Komisch, dachte er, wenn es so ist, ist meist kein Frost. Aber heute nacht war es wohl kalt und klar gewesen. Der Nebel hinterließ Reif auf den Bäumen und bald sah alles wie gepudert aus. Die starren Gräser, die er mit den Füßen streifte, knisterten. Langsam setzte er Schritt vor Schritt, sorgsam bedacht, sich den Atem so einzuteilen, daß das Stechen in den Lungen nicht zu arg wurde.

"Ich werde daran sterben", dachte er ganz sachlich. "Ich werde bald sterben." - Am Stück angekommen, setzte er sich auf die Bank vor dem neuen Schuppen. Einen Moment ausruhen wollte er, nach der Anstrengung des Aufstiegs. Er sah nach den Pflanzen, die er noch hatte abdecken wollen. Das Tannenreisig hatte ihm der Forstgehilfe wie versprochen neben hin gelegt. Dankbar dachte er, daß es Leute gebe, die mitdenken, wenn sie einem was Gutes tun. Der Junge hatte das Reisig so hingelegt, daß er es nur noch verteilen brauchte. Er erhob sich. Es fiel ihm schwer, sich zu bewegen, aber er verteilte die Zweige gleichmäßig auf das Beet. Bei der Arbeit wurde ihm wohler. Er dachte an seinen Garten. Als er fertig war setzte er sich zufrieden wieder auf die Bank und betrachtete sein Stück Land. Die Arbeit vieler Jahre hatte sich gelohnt.

Dann hob er den Blick zum gegenüberliegenden Berghang. Manche Bäume hatten noch ihr Laub, das bunt leuchtete. Die Sonne kämpfte sich langsam durch den Dunst. Als er wieder hustete, spuckte er Blut. "Ich werde sterben", dachte er wieder. "Und ich hätte noch so gerne mit Lina und den Kindern gelebt. Wie wird es ihnen gehen, wenn ich nicht mehr für sie sorgen kann? Ob Lina nicht zu viel arbeiten muß? - Ein bißchen bekommt sie ja von meiner Rente und für die Kinder habe ich was zurückgelegt - nicht viel, aber das kann helfen." Als er an die Kinder dachte, wurde ihm ganz warm ums Herz. Wie sehr er sie liebte! - "Das ist schwer, Abschied zu nehmen, wenn man so liebt", dachte er dann. "Was hatte der Pfarrer gesagt? Man solle leben im Angesicht des Herrn? Was hatte er gemeint? - Wer kann das schon? Sind wir nicht alle arge Sünder? - Und wenn man sterben kann im Angesicht des Herrn, wäre das nicht eine größere Gnade?" Wieder blickte er zum Himmel. Die Dunstwolken hatten sich fast ganz verzogen und der Himmel war von einem zarten, durchsichtigen Blau. "Ich möchte sterben, im Angesicht des Herrn", murmelte er vor sich hin, und wieder "im Angesicht des Herrn". Er wunderte sich, daß er in die Sonne sehen konnte. Etwas Heißes stieg in seiner Brust hoch ohne daß er dessen richtig gewahr wurde, so sehr war er in die Betrachtung der Sonne vertieft. Blut rann über seine Lippen, aber er schmeckte es nicht. "Herr, erbarm Dich meiner! - Ich möchte sterben im Angesicht des Herrn! - Schütze Lina und die Kinder! - Sie sollen leben im Angesicht des Herrn - und auch sterben im Angesicht des Herrn." - Er begann zu beten, während er zur Sonne sah. Plötzlich schienen violette Kreise von ihr auszugehen, die anmutig zu ihm herabschwebten und ihn wärmend zu umfangen schienen. Dann war es dunkel um ihn. Er ging einen langen Gang hinab. Er wußte, er mußte ihn gehen, denn hinter ihm war das Dunkel. Er mußte zum Licht. Dabei mußte er durch viele Türen gehen, immer wieder. Endlich kam er in einen Raum, der keinen Boden zu haben schien, der aber von einem wunderbaren Licht erfüllt war. "Spring!" rief ihm eine Stimme. Er konnte nicht sehen, wer das zu ihm sagte, aber er sprang. In der Tiefe des Lichtes wurde er aufgefangen und eine Stimme sagte zu ihm: "Warum fürchtest du dich, ich bin doch bei dir, immer und alle Tage". Lina hatte das Essen fertig." Wo der Willem nur bleibt?" Sie machte sich Sorgen." Er wollte doch nur das Beet zudecken!" Der Nachbar kam. Als er hörte, daß der Willem noch nicht zurück war, erbot er sich zu gehen und nachzusehen. Er brachte Lina die Nachricht vom Tod ihres Mannes.

Trauer

Lange Zeit hatte für Lina jede Freude aufgehört zu sein. Ihr Willem war nicht mehr da. Die Anteilnahme, die große Beerdigungsfeier, die Hilfe der Nachbarn, nichts konnte ihrer Trauer und dem Schmerz Linderung verschaffen. Dabei hatte sie Monate vorher schon in banger Angst beobachtet, wie sich sein Zustand verschlimmerte. Der Arzt, zu dem er auf ihr Drängen gegangen war, hatte nicht helfen können. Sie selbst hatte versucht, sich vorzumachen, daß alles nicht so schlimm kommen könne. Aber sie sah auch, wie er in Reden und Blicken vorsichtig Abschied nahm von ihr und den Kindern, wie er alles so richtete, daß es ohne ihn gehen würde, wie eine tiefe Trauer ihn manchmal überfiel, wenn er sich unbeobachtet glaubte und den Kindern beim Spielen zusah.

Ja, wenn sie zurück dachte an seine letzten Taten und Worte, dann war das letzte Jahr ein langes Abschiednehmen geworden. Und sie hatte sich dagegen gewehrt. "Mein Gott", schrie es in ihr," was habe ich Dir getan! - Was hat Dir mein armer guter Mann getan! - Warum bist Du so ungerecht! - Es laufen doch genug Idioten herum, für die es gut wäre, sie wären nicht mehr auf dieser Welt! - Warum ihn, den wir so sehr brauchen! - Warum so früh! - Warum tust Du mir das an, Du Gott! - Oder gibt es Dich nicht? Ist es so, wie manche Leute sagen, daß da nichts ist über uns als ein blindwütiger Zufall?" Dann lag sie nachts wach in ihren Kissen und weinte.

Nach einer so durchwachten Nacht sagte Käthi, als sie das Frühstück machte, um die Kinder zur Schule zu schicken: "Mama, hast Du uns denn nicht mehr lieb seit der Papa tot ist?" und sah flehend zu ihrer Mutter auf. Lina erschrak. Was hatte sie getan, daß das Kind das fürchten mußte? Was war sie für eine Rabenmutter! - Hatte sie nicht begriffen, daß auch die Kinder litten, daß sie mehr für sie dasein mußte denn je? Daß sie nun Mutter und Vater für sie sein mußte?" - Stürmisch umarmte sie das Kind, dann ihren Sohn, und küßte beide. "Noch nie habe ich Euch so sehr geliebt wie jetzt", sagte sie, "ich bin nur so traurig, weil ich Euren Vater vermisse." - "Wir vermissen ihn auch", beteuerten die Kinder, während ihnen Tränen über die Backen liefen. Da hielten sich alle drei aneinander fest und Lina sagte: "Uns drei kann niemand und nichts trennen, damit ihr das wißt." Es war Zeit zu gehen, und als Lina den Kindern durchs Fenster nachsah, sah sie, wie Kathi, die Straße überquerend, einen kleinen, frohen Hüpfer machte. Lina empfand zum ersten Mal wieder so etwas wie Freude und murmelte: "Da hätte ich beinahe einen bösen Fehler gemacht!"-Und dann: "Gott sei Dank, daß ich die Kinder habe!" - Und sie war nun wieder sicher, daß es einen Gott im Himmel gab, der es nicht ganz so böse mit ihr meinte.

Die Kinder wurden groß. Im Dorf wohnte seit einiger Zeit ein Mann, der bei der Polizei arbeitete. Jeden Morgen stieg er auf sein Motorrad und fuhr über die Straße an der Jammerhecke nach Usingen. Er war ein stattlicher Mann, sehr angesehen im Dorf. Für den Fußballverein hatte er schon manches Tor in den umliegenden Dörfern geschossen. Karli - nein, er wollte nicht mehr Karli genannt werden, sondern Karl, bewunderte ihn sehr. Er war in der Jugendmannschaft, und da zählte das! - Aber mehr noch bewunderte er die Uniform - und als der Polizist einmal davon erzählte, wie anstrengend und gefährlich der Dienst bei der Polizei sei, stand für Karl fest, daß auch er einmal Polizist werden würde. Von seinen Eltern hatte er den Sinn für Gerechtigkeit und Rechtschaffenheit geerbt, und er konnte sich nichts Besseres vorstellen, als in dieser Gesellschaft für eben diese Tugenden einzustehen. Auch seine Beschützerinstinkte wurden angesprochen, als er miterlebte, wie der Mann einmal eingriff und einen Streit zwischen Jugendlichen schlichtete und den

Schwächsten vor der Gewalttätigkeit einiger betrunkener Kumpane schützte. So wollte auch er die einfachen Leute, die Schwachen und Armen schützen! -
Willem hatte schon vor einigen Jahren darauf bestanden, daß sein Sohn das Usinger Gymnasium besuchte, denn er sagte immer, dann hätte er bessere Chancen später, und ein Dummkopf sei er auch nicht. Vom alten Lehrer in der Dorfschule wurde das unterstützt, und so stand dieser Berufswahl eigentlich nichts im Wege. Lina war stolz auf ihren Sohn.
Kathi wollte lieber wie die Mutter sein, Kinder, vielleicht einen Bauernhof mit Tieren haben, heiraten. Für sie war die Schule nicht so wichtig, obwohl Lina auch sie lieber länger auf einer höheren Schule gehabt hätte. Aber nach der Mittleren Reife gab Kathi auf und bekam eine Stelle in einem Geschäft als Verkäuferin, was ihr viel Spaß machte, da sie mit vielen Menschen zu tun hatte. Lina war auch damit zufrieden. "Wenn Willem sie doch sehen könnte," dachte sie oft voller Stolz, "oder sieht er sie?" - Die Kathi war ihr immer noch in aller Zärtlichkeit zugetan, Karl wollte "das Geschmuse" nicht mehr.

Gewitter

Als Lina über das Feld ging, streiften die trockenen Grashalme ihre Knöchel. Es hatte lange nicht geregnet. Die Sonne stach. "Es wird ein Gewitter geben", dachte sie "wenn die Sonne so sticht. Ich muß sehen, daß ich in den Wald komme. Der Sommer wird nicht mehr lange dauern, dann muß der Ofen brennen!" - Rötlicher Staub stieg in kleinen Wolken unter ihren Tritten auf. Sie bemerkte es nicht. Schnell wollte sie die Bäume erreichen, unter denen sie sich Kühle erhoffte. Als sie dann dort war, wurde es noch schlimmer. Die Hitze stand zwischen den Kiefern und Eichen wie aus Glas. Nichts regte sich. Ihre Schritte waren überlaut. Sie dachte an den Mann, von dem alle sprachen, der vor der Höhe Frauen überfallen hatte, - am hellichten Tag. Sie schüttelte den Kopf. Er mußte krank sein. Aber sie hatte keine Furcht.

Wer wußte schon, wohin und wann sie ging, wer würde sich schon für sie interessieren! -

Endlich kam sie an die Stelle, an der der Baum gefällt worden war. Das Kleinholz dort, das durfte sie sich holen, das kostete nichts. Schnell las sie auf, was sie eben noch tragen konnte, und band mit einer Schnur ein Bündel zusammen. Nett war er, der Förster, der ihr erlaubt hatte, das zu nehmen. So brauchte sie mit den Kindern im Winter nicht zu frieren. Ganz Kleines band sie noch obenauf. Das war gut, um das Feuer im Herd anzumachen. Trocken war es bei diesem Wetter schon lange geworden.

Mühsam und ohne eine Pause zu machen wuchtete sie sich das Holz auf den gebeugten Rücken. "Bald sind die Heidelbeeren reif", dachte sie, "dann werde ich Marmelade kochen." Das würde den Kindern schmecken! - Sie hatten ja wenig Leckereien.! - Aber was sie ihnen geben konnte, das würde sie ihnen geben, und wenn sie bis Mitternacht einkochen müßte. Zucker würde sie kaufen können. Frau Dr. Braun hatte sie in den letzten Wochen oft zum Putzen gebraucht, das hatte etwas Geld gebracht, und Gläser hatte sie ihr auch geschenkt. - Die Kinder müßten suchen helfen, denn in diesem trockenen Jahr waren die Beeren sehr klein - aber das hatte allen in jedem guten Blaubeerjahr großen Spaß gemacht. Als sie den Waldrand erreicht hatte, traf sie ein heißer Windstoß. "Oh, schon," dachte sie und ging, so schnell sie konnte. Ob Kathi zu Hause war und das Wasser aufgesetzt hatte? Dann würde sie sich einen Kaffee kochen, und Karl könnte das Holz im Schuppen verstauen, bevor das Gewitter kam. Sie freute sich auf die Kinder. Immer wieder mußte sie Kathis blaue Augen betrachten, die Grübchen in ihren Backen, und den stämmigen Karl, und konnte sich nicht genug darüber wundern, daß diese lustigen und gesunden Kinder aus dem kranken Leib ihres verstorbenen Mannes und ihrem schmächtigen Körper gekommen waren.

"Welch ein Segen!" sagte sie sich. Sie waren arm, ja, und sie wußte oft nicht, wo sie das Nötigste zum Leben hernehmen sollte, aber irgendwie ging es immer wieder weiter. Die Fröhlichkeit der beiden half über alles hinweg. Wie gerne sie sich plagte! Gute Kinder hatte sie. Irgendwie, dachte sie, sei das eine ausgleichende Gerechtigkeit, denn sie hatte oft von Kindern gehört, um die man sich Sorgen machen mußte, weil sie krank waren oder böse.

Als sie das Haus erreichte, hörte sie von ferne Grummeln. Sie rief den Karl, der gleich herausgesprungen kam und ihr das Holz abnahm. "Warum hast du nicht auf mich gewartet, Mutter? fragte er, "Ich hätte dir doch geholfen!" - "Die Schularbeiten sind wichtiger", gab sie zur Antwort. "Was Du gelernt hast, trägt Dir keine Schwalbe mehr auf dem Schwanz fort, also lern, mein Bub!" Zärtlich strich sie ihm über die Haare. "Ist die Kathi schon da? - "Ja, sie ist eben gekommen. Sie war noch beim Mariechen und hat das Kind gehütet, weil das Mariechen einkaufen wollte. Schau mal, die hat ihr ein Stück Schinken mitgegeben für dich", sagte er, nach ihr in die Küche kommend. - "Dann haben wir aber eine gute Zeit heute, Bub, "strahlte Lina, "wirst sehen!" Sie setzte drei hohe Becher auf den Tisch für den Kaffee, als Kathi die Treppe herab stürmte. "Schau da, den Schinken da," rief sie, "den habe ich Dir vom Mariechen mitgebracht, und einen Salat habe ich aus dem Garten geholt." - Beifällig murmelte Lina vor sich hin. Das war ein kluges Mädchen. Draußen wurde es dunkel und die ersten Tropfen fielen schwer gegen das Fenster.

Herbert

Herbert war der Name eines jungen Mannes aus Rod an der Weil, Sohn eines Gastwirts. Da er der Einzige war, wurde er entsprechend verwöhnt, denn er war ein ausgesprochen hübsches Kerlchen. Das trug aber nicht zu einem gesunden Selbstbewußtsein bei. Die in ihren Sohn vernarrten Eltern nahmen ihm jede Aufgabe ab und entschuldigten jeden Fehler. Das hinterließ bei ihm ein Gefühl ständiger Unfähigkeit.

So meinte er bald, er habe es nötig, sich und anderen zu beweisen, daß er trotzdem "ein ganzer Kerl" sei. - Vor seinen Spielkameraden setzte er sich, als er klein war, allen möglichen Wagnissen aus, "um anzugeben", wie diese nicht ganz unrichtig meinten.

Das rief die besorgten Eltern immer wieder auf den Plan, um echte oder vermeintliche Gefahren von ihrem Liebling abzuwenden, und der Kreis begann von vorne.

Später, in der Schule, gehörte er dann endgültig zu den "Angebern", denn ihm war kein Mittel zu schäbig, um sich die Bewunderung anderer zu erwerben.

Im Gasthaus der Eltern kam er heimlich an Dinge, die für die anderen Kinder nicht zu erreichen waren, heiß ersehnte, die zur "Erwachsenenwelt" gehörten, da sie das Erwachsensein auf besondere Art und Weise zu dokumentieren schienen. Aus dem Fach am Tresen der Wirtschaft war es leicht, Zigaretten zu stibitzen, die man versteckt unter den Büschen des nahen Waldes rauchen konnte. Allerdings war dieser Aktion kein Erfolg beschieden. Zunächst waren die Burschen stolz und fühlten sich enorm erwachsen, aber dann wurde einem nach dem anderen schlecht, erbärmlich schlecht, und nachdem sie ihren Mageninhalt unter die Bäume gegossen hatten, schlichen sie mit weißen Nasen nach Hause.

Die Eltern der Kameraden schnupperten an den Kleidern ihrer Kinder. Sie dachten nicht daran, vor Mitleid zu zerfließen. Den Namen des Zigarettenlieferanten prügelten einige geradezu aus ihren Zöglingen heraus und liefen anklagend zu Herberts Eltern. Ein Dieb sei er, so sagten sie, und der Geruch des Außenseiters und Bösewichts blieb fortan an ihm hängen.

Andere grinsten, erinnerten sich heimlich ihrer eigenen Kindheitssünden. Statt Mitleid zu ernten, erhielten die kleinen Sünder sofort reichlich Aufträge in Haus und Hof. So verging die Übelkeit von selbst. - Das waren sicher die klügeren Eltern, die aus einem Bubenstreich keine Affäre machten.

Nur Herberts Mutter war nicht auf die Idee gekommen, an den Kleidern des Sohnes zu schnuppern, als er bleich nach Hause kam. Erst die Anklagen anderer empörter Leute brachte sie auf die Idee, daß ihr Liebling sich hatte einen Streich einfallen lassen. Aber das Kind, dem sowieso schlecht war, könne man doch nicht bestrafen, meinte die Mutter, und so blieb sein Diebstahl ungeahndet. Dennoch empfand Herbert die Geschichte als Niederlage, denn er wurde in der Folge nicht wenig von seinen Kameraden gehänselt.

Irgendwann später hatte er begonnen, heimlich Reste aus den Gläsern der Gäste zu trinken. Obwohl ihm das Zeug zunächst nicht schmeckte, begann er sich bald als Held zu fühlen, geradezu großartig! Mit der genossenen Menge Alkohol schwanden seine Minderwertigkeitsgefühle und machten dem Gefühl unbezwingbarer Stärke Platz.

Als ihm die Reste nicht mehr reichten, half er seinem Vater immer öfter hinter der Theke, wo er mal hier und dort unbemerkt etwas für sich abzweigen konnte. Der Vater war zunächst begeistert über seine Hilfsbereitschaft, und sah im fleißigen Sohn den tüchtigen Erben seines Geschäftes.

Erst als er entdeckte, daß der Junge eine halbe Flasche Schnaps zur Seite gelegt hatte, wurde er mißtrauisch. Aber da war es längst zu spät. Alkohol war für den Heranwachsenden ein unverzichtbarer Teil seines Selbstwertgefühls geworden, an dem er seine Freunde unter dem selben Gestrüpp teilhaben ließ, unter dem der Regen vor Jahren die letzten Reste ihrer Rauchversuche hatte wegspülen müssen.

Diesmal waren seine Versuche, seinen Kameraden zu imponieren, von mehr Erfolg gekrönt. Alkohol, das war etwas, was in den Haushalten der Leute so gut wie nie vorkam. Das war Medizin für Wunden, gegen Magenbeschwerden, allenfalls zum Einlegen von Obst bestimmt, das dann am Weihnachtsabend feierlich und stückchenweise auf dem Kuchen oder einer süßen Nachspeise zum Festmahl gereicht wurde.

Aber Herbert konnte ihn beschaffen - in scheinbar unbegrenzten Mengen. Endlich konnte dem Wirt bei der Suche nach verschwundenen Vorräten nichts mehr verborgen bleiben. Sein erster Impuls war, den Jungen von der Realschule zu nehmen, die dieser inzwischen besuchte, denn er führte das Geschehene auf den schlechten Einfluß seiner Genossen zurück. Fast sprach er, aus dem Wunsch heraus, sein Sohn könne, ja dürfe nicht der Urheber des Übels sein, sondern nur ein Verführter, seinen Liebling frei, obwohl alles andere näher lag.

Als er ein Grundstück verkaufen konnte und dort ein Haus gebaut wurde, war er froh, als der Maurer seinen Sohn in die Lehre nahm. Dort, so meinte er, würden ihm die Flausen bei der harten Arbeit schon vergehen. Als Herbert immer öfter in die

Wirtschaft seines Vaters geschickt wurde, um im Auftrag der Kollegen Bier und Schnaps zu holen, dachte dieser: "Aha, insgeheim sorgt der Kerl immer noch für den Umsatz in unserem Geschäft", ohne daran zu denken, daß der Lehrling mit am gesteigerten Konsum der eingekauften alkoholischen Getränke beteiligt sein könnte.

In der Tat aber errang sich Herbert bei seinen neuen Arbeitskameraden Ansehen damit, daß er mehr vertragen konnte als alle, um dann die größten Steine und Zementsäcke zu wuchten. Endlich wurde er als "ganzer Kerl" angesehen! Das gefiel ihm sehr, und er sagte seinem Vater, daß er nun dabei bleiben und Maurermeister werden wolle. Die Eltern waren glücklich. Es schien, als ob alles nun doch noch ein gutes Ende nehmen würde.

Zu seinem achtzehnten Geburtstag durfte Herbert den Führerschein machen und sein Vater schenkte ihm zur bestandenen Gesellenprüfung ein Auto. Nun war Herbert wirklich wer!

An den Wochenenden lud er seine alten und neuen Freunde zu Spritztouren ein - bis nach Frankfurt, wo sie Kneipen und Tanzlokale besuchten, um sich bis tief in die Nacht zu vergnügen.

Eines Abends hatten sie besonders viel getrunken, bevor sie ins Auto stiegen. In rasantem Tempo fuhr Herbert durch die Stadt, dann über die Autobahn, ab Stadtmitte Bad Homburg, es sei kürzer hatte einer behauptet, über den Hessenring in die Saalburgstraße. An der Kreuzung Gluckensteinweg wartete ein Fußgänger an der Ampel. Er ging zu früh los, Herbert schoß - schon bei Rot - durch die Kreuzung. Das Auto voll grölender Kerle streifte den Mann und riß ihn einige Meter mit, dann verloren sie ihn, sahen noch, wie er versuchte, sich aufzurappeln, brausten weiter, ohne sich um den Verletzten zu kümmern. Herbert wollte anhalten, aber seine Freunde versicherten, daß der Mann aufgestanden und längst davongegangen sei. Also fuhren sie über die Saalburg nach Hause.

Anwohner, die den Vorfall beobachtet hatten, riefen einen Krankenwagen und die Polizei, denn der Passant lag schwerverletzt auf dem Bürgersteig Sie hatten den Wagen beschreiben können, der den Unfall verursacht hatte. Der Verletzte starb auf dem Transport ins Krankenhaus.

Schon früh am Morgen kamen die Beamten und holten Herbert ab. Leugnen hatte keinen Sinn. Am Auto waren noch Haare und Blutspuren des Verletzten. Herbert hatte auch jetzt noch einen erheblichen Alkoholspiegel im Blut, als er untersucht wurde. So wurde er wegen Fahrens im Zustand der Volltrunkenheit, fahrlässiger Tötung und Fahrerflucht angeklagt und verurteilt. Eine lange Gefängnisstrafe folgte - die "Freunde" sagten aus, sie hätten Herbert gewarnt und auf den Unfall aufmerksam gemacht, und damit verstärkten sie den schlechten Eindruck, den Herbert auf seine Richter machte.

Als er nach Monaten frei kam, hatte er keine Freunde mehr. Sein Meister allerdings, eingedenk seiner Kraft und Geschicklichkeit, gab ihm seine Arbeitsstelle unter vielen Vorbehalten wieder. Das sah er als besonderes Glück an. Da er aber neue Freunde suchte, meinte er, seine Eltern hätten recht, wenn sie ihm empfahlen, er solle sich doch eine eigene Wohnung weit weg vom Dorf suchen. So kam er nach Usingen.

Ihm war bewußt geworden, daß er sich wieder einmal als unfähig erwiesen hatte. Nichts, auf das er hätte stolz sein können! Er war ein "Vorbestrafter"! Die Demütigung des Gefängnislebens steckte tief in ihm. Depressionen kamen mit dem Alkoholentzug, den er sich selbst verordnet hatte. Er schämte sich, ärztliche Hilfe anzunehmen, wie ihm der Gefängnisarzt empfohlen hatte. Hätte er nicht wieder seine ganze Erbärmlichkeit auf den Tisch legen und bekennen müssen? Er fühlte sich gezeichnet. Erst als ihm, da er sich gut gehalten hatte, nach zwei Jahren sein Führerschein zurückgegeben worden war, fühlte er sich etwas weniger erbärmlich. Auch neue Freunde fanden sich, die nichts von seiner Vorstrafe wußten.

Inzwischen hatte er seine Meisterprüfung als Maurer bestanden. Endlich machte er seinen Eltern wieder Freude! Sie wandten sich ihm in neuer Herzlichkeit zu, nachdem sie vorher aus ihrer Enttäuschung kein Hehl gemacht hatten. Es war einfach zu bitter für sie gewesen, wenn andere stolz von den Erfolgen ihrer erwachsenen Kinder berichteten und sie betreten schweigen mußten.

Die Mutter machte immer häufiger Anspielungen, daß er sich doch nach einem soliden Mädchen umsehen möchte, die seinem

Leben Sinn und Halt geben könnte. Schüchtern begab er sich eines Abends auf ein Tanzfest. Dort begegnete er der wunderschönen, lustigen Kathi.

Bevor Herbert ihr seinen ersten Kuß gab, beichtete er ihr zerknirscht sein bisher verfehltes Leben, seine Vorstrafe und den früher stattgefundenen Alkoholmißbrauch, den er aber überwunden habe. Wenn sie ihn nun nicht mehr möge, sagte er, wolle er das respektieren und verstehen. Es war ihm ernst. Noch nie hatte ihn ein Mädchen so beeindruckt.

Die warmherzige Kathi dachte, daß so viel Ehrlichkeit ihren Großmut verdiene. Sie schwebte im Himmel der Verliebten, denn das frühere wüste Leben hatte das angenehme Äußere Herberts, auf das so viele hereingefallen waren, nicht zerstören können. Ihre Liebe und ihre unverbrüchliche Treue, so glaubte sie, könne ihm nun auf dem neu eingeschlagenen Weg wie ein Fels Stütze und Rückhalt sein. Mit ihrer Hilfe würde er es schaffen, ja müsse er es schaffen!

Lina war anderer Meinung über den Tunichtgut. Sie schüttete Frau Braun, als sie dort zum Reinemachen war, ihr Herz aus. "Das Kind rennt in sein Unglück", rief sie aus und hatte Tränen in den Augen. "Wenn er nun rückfällig wird?" - Frau Braun versuchte Lina zu beruhigen. Es gäbe doch viele, die es geschafft hätten, und er hätte doch schon so lange durchgehalten! - "Aber auf dem Bau! - Es gehört zum guten Ton, daß alle trinkfest sind! Er kann doch nicht ewig mit Mineralwasser durchhalten!" - Sie war tief bekümmert.

Herberts Eltern hatten das hübsche junge Ding schnell ins Herz geschlossen, Jetzt, hofften sie, könne das Schicksal ihres Sohnes sich endgültig zum Guten wenden. Sie besorgten eine Wohnung und, da Lina nicht viel vererben konnte, auch die Aussteuer für das junge Paar, so daß bald geheiratet werden konnte.

Herbert war richtig "aufgekratzt", als er seinen Arbeitskollegen von der bevorstehenden Hochzeit erzählte. Er stiftete einen Kasten Bier und eine Flasche Korn. "Mensch, trink doch mit", riefen die Kollegen," oder stehst Du jetzt schon unter dem Pantoffel? Schließlich ist es doch Deine Hochzeit, auf die wir anstoßen!"

So kippte Herbert einen ersten Korn - seinen zweiten - und ein Bier. Mehr wollte er nicht, auch wenn er seine zitternden Hände, die so gerne nach der Flasche gegriffen hätten, unter der Jacke verbarg. Mit ungeheurer Willenskraft beherrschte er sich und trank nicht mehr. Am Kiosk kaufte er sich Pfefferminzpillen, die er lutschte, um den Alkoholgeruch und dessen Geschmack aus seinem Mund zu vertreiben. - Er fühlte sich zugleich erbärmlich und großartig. "Sieh, du hast es in der Hand", jubelte es in ihm, und zugleich: "Du Arsch, hast es wieder einmal nicht geschafft nein zu sagen! - Aber ich konnte aufhören, bin nicht süchtig, wie alle sagen!" Am Ende fühlte er sich sicher und stark. Am Abend, bevor er zu Kathi fuhr, putzte er gründlich die Zähne und lutschte die Pfefferminz. Er wollte sie nicht beunruhigen.

Leider brauchte er die kleinen, weißen Pillen immer öfter. Manchmal tat es auch ein Pfefferminzkaugummi. Niemand merkte etwas. Sich selbst log er vor, daß er ja nicht durchweg trank, sondern immer wieder aufhören konnte. Es waren die anderen, die tranken - er machte ja nur gelegentlich mit. Seine Arbeitskollegen bewunderten ihn sogar, wegen seiner Charakterstärke zu tun, was ihm beliebe, und nannten ihn wieder "einen ganzen Kerl".

Die Hochzeit wurde nach dem Kirchgang in der Wirtschaft von Herberts Eltern gefeiert. Kathi war eine strahlende Braut, Karl, ihr Bruder, der Brautführer. "Hoppla, nun muß ich aber tugendhaft sein", rief der Bräutigam übermütig, und boxte seinen Schwager freundschaftlich in die Seite, "mit einem Polizisten in der Familie! - Dummheiten kommen da nicht mehr vor!"-"Hoffentlich", knurrte Karl lachend, "Du Strolch, sonst bekommst du es tatsächlich mit mir zu tun, wenn du nicht lieb zu meiner kleinen Schwester bist." - Zärtlich nahm Karl Kathi in die Arme und küßte sie auf die vor Glück und Freude hochroten Backen.

Nur Lina wirkte etwas bedrückt. Aber sind Brautmütter nicht immer gerührt, wenn ihre Töchter heiraten? - Auch sie konnte sich Herberts Charme nicht entziehen, hatte aber zugleich eine düstere Ahnung. Wenn sie da an ihren Willem dachte!

Tapfer redete sie sich ein, daß das nur der Vorgang des "Abnabelns" sei, ein gewisser Trennungsschmerz, den alle Mütter hätten, wenn ein Kind aus dem Hause ging.

Aber so ganz glücklich war Karl auch nicht. Er war vor einiger Zeit in der Polizeischule aufgenommen worden und hatte bereits gelernt, wie leicht schwache Naturen wieder in ihren alten Schlendrian gerieten. Umso froher war er, als er bemerkte, daß das Glas, mit dem ihm sein Schwager beim Hochzeitsessen zuprostete, mit Mineralwasser gefüllt war, statt mit Sekt.

"Laß nie etwas herumstehen, das Alkohol enthält, nicht einmal Eau de Cologne" hatte er seiner Schwester eingeschärft. "Er kann nicht widerstehen, wenn es ihn überkommt, zur Not säuft er sein Rasierwasser aus, wenn nur Alkohol drin ist. " Käthi lachte: "Das schmeckt ja scheußlich!", und schüttelte sich. "Das ist nicht komisch, sondern traurig, sehr traurig," meinte Karl.

Aber je intensiver er in den letzten Wochen seinen Schwager kennengelernt hatte, umso mehr wuchs auch bei ihm das Vertrauen. Er schien tatsächlich alles Ungute hinter sich gelassen zu haben.

"Wir wollen ihm alle helfen", versprach er sich. Er erinnerte sich an einen heißen Sommertag, an dem er sich, als sie noch Kinder gewesen waren, das Versprechen gegeben hatte, immer auf seine kleine Schwester aufzupassen. Nun bedurfte sie seines Schutzes, so glücklich sie im Augenblick war, in ganz besonderer Weise. Warm stieg diese Erinnerung in ihm auf und die gleiche Zärtlichkeit wie damals überflutete ihn. Nun waren es zwei Leute, auf die er aufpassen mußte, auf Käthi und ihren jungen, leichtsinnigen Mann.

Die Mutter des Bräutigams, die ihren Sohn eine halbe Stunde früher erwischt hatte, wie er sich in der Küche mit einem Schnaps versorgte, war weniger glücklich. Ach, sie konnte nur auf die Liebe ihres Sohnes zu seiner süßen, jungen Frau hoffen! Kathi und Herbert verbrachten nach der Hochzeit eine Woche im Bayrischen. Am Chiemsee hatte Herberts Vater einen Geschäftsfreund, einen Bierbrauer, den die beiden jungen Leute im Auftrag von Herberts Vater besuchten. Als er mit ihnen durch seine Brauerei ging, nichts ahnend von Herberts Problemen, durften sie hier und dort kosten und schmecken. Käthi machte sich nichts aus dem Zeug, aber Herbert genoß mit sichtlichem

Vergnügen. "Er hat ja überall nur genippt", dachte sie, und hatte die Warnungen ihres Bruders, die sie sowieso für übertrieben gehalten hatte, vergessen. Und da Herbert nicht beschwipst wirkte, war sie beruhigt. So wenig würde ihm schon nichts anhaben! - Welch ein Irrtum! Zurück in der Pension bestellte er sich zum Essen einen Maßkrug voll Bier, dann einen Birnenschnaps, der in der Nachbarschaft gebrannt wurde. "Man muß die Köstlichkeiten der Gegend doch kennenlernen", sagte er zu ihr.

An diesem Abend hatten sie ihren ersten Streit. Herbert bezeichnete Käthis Sorge als Hysterie. Nichts würde es ihm ausmachen, solange er nicht zuviel des Guten hätte. Zum erstenmal gab es keine Zärtlichkeiten beim Einschlafen, keinen Gutenachtkuß, aber am nächsten Morgen nach einer unruhigen Nacht die Bitte um Verzeihung, den Schwur, nie mehr zu trinken, nie mehr Alkohol anzurühren, und sei es in noch so kleinen Mengen, und eine herzliche Versöhnung. "Ich habe den richtigen Einfluß auf ihn", dachte Kathi erleichtert.

Die Hochzeitsreise war schnell vorbei. Das junge Paar kam zurück und ein neuer Abschnitt begann für beide. Sie zogen in die neue Wohnung ein, die Herbert am Feierabend nach der Arbeit mit Kathi noch renoviert hatte. Karl half, wann immer er frei war. Sie war klein, aber ungeheuer gemütlich, und Kathi hielt sie musterhaft in Ordnung, wie sie es schon als kleines Mädchen bei ihrer tüchtigen Mutter gelernt hatte.

Kathi hatte eine Putzstelle in einem kleinen Betrieb in Usingen angenommen. Sie konnte mit dem Bus, dessen Haltestelle fast vor ihrer Wohnung war, hinfahren. Herbert arbeitete als Maurer bei einer größeren Baugesellschaft und verdiente beträchtlich mehr als früher.

Die Freude war groß, als Kathi schwanger wurde. Lina übernahm die Putzstelle ihrer Tochter. Für die Inhaberin der Firma wurde sie bald unentbehrlich. Sie hatte noch kleine Kinder - nicht leicht - und konnte die Leitung der Firma doch nicht in andere Hände legen, wenn sie erfolgreich bleiben wollte. So wurde Lina mit ihrer Lebenserfahrung viel mehr als nur eine Putzhilfe. Sie war Beraterin, Freundin, Ersatzoma für die Kinder, alles zur gleichen Zeit.

Mit einem Freudenjauchzer begrüßten sie die Kinder der Chefin, wenn sie kam, denn immer hatte sie eine kleine Überraschung in ihrer Tasche, eine Süßigkeit, eine besonders dicke Eichel, einen skurril gewachsenen Tannenzapfen, und für die Hausfrau einen Salatkopf oder Kräuter aus ihrem Garten. Dabei tat sie ihre Arbeit schnell, ordentlich, umsichtig und zuverlässig. Rat und Hilfe in den alltäglichen Begebenheiten des komplizierten Geschäftshaushaltes waren in jeder Situation von ihr zu bekommen. Sie blieb bescheiden und freundlich, kurz, sie war ein Juwel und gehörte bald ganz einfach zur Familie.

Herbert war erfolgreich in seinem Beruf. Alles hätte gutgehen können, wenn die Bierkästen der Arbeitskollegen nicht gewesen wären. Immer öfter kam er nach Hause und war nicht mehr ganz nüchtern. Kathi sah es mit Angst. Er beruhigte sie, wieder und wieder, versprach Besserung, es seien nur die anderen, die trinken würden, er würde nur....! Auch wären die anderen alle längst Alkoholiker, er selbst würde nur wenig, wenn gar nicht... er würde nur...! Er log sich selbst in eine Welt hinein, in der er der Meister aller Tugenden war, die Fehler machten nur die anderen. In dieser Überheblichkeit geschah es, daß er mit einem Kumpel in Streit geriet und ihn niederschlug. Der stürzte so unglücklich, daß er wie tot liegenblieb. Später stellte man eine Wirbelsäulenfraktur fest. Der arme Mensch blieb für den Rest seines Lebens an den Rollstuhl gefesselt. Herbert mußte in Untersuchungshaft. Schlimm für seine junge Frau, die ihn allwöchentlich dort besuchte, schlimm für seinen Schwager, der gerade den Abschluß an der Polizeischule gemacht hatte. Sein Besuch war nicht erfreulich. Karls Vorhaltungen machten Herbert erst wütend, dann demütig, dann fiel er in seine alten Depressionen, die durch den Alkoholentzug noch verschlimmert wurden. Karl erreichte, daß sich ein Mediziner der Polizei um ihn kümmerte. Bei der Verhandlung stellte sich heraus, daß die Schuld nach Zeugenaussagen wohl auf beiden Seiten zu suchen war. Nachdem Herbert einer Entzugskur unter ärztlicher Aufsicht zugestimmt hatte, wurde er auf Bewährung entlassen.

Lina war mehr als bedrückt. "Das wird kein gutes Ende nehmen", sagte sie zu Frau Braun, als sie dort zum Saubermachen war, um, wie schon seit so vielen Jahren, die Praxis des Arztes zu putzen. "Aber er macht doch eine Kur", sagte Frau Braun. Das wird helfen, bestimmt!" Dr. Braun, der das Gespräch gehört hatte, warnte. "Die Statistik sagt, daß viele, die diese Reha gemacht haben, doch wieder rückfällig geworden sind", meinte er skeptisch." Ich will Sie nicht entmutigen, Lina, aber man soll sich da keine übertriebenen Hoffnungen machen. Andererseits, lassen Sie den Kopf nicht hängen, wo ein Wille ist, ist auch ein Weg, und er hat ja schon so oft versucht, aufzuhören, daß es diesmal vielleicht klappen könnte." - Lina rang die Hände. Ihre arme Kleine, sie würde ein Kind haben, was würde dann geschehen? Das könnte vielleicht helfen, meinte Dr. Braun, denn das würde eine ständige Mahnung an die Verantwortung sein, und die Freude über das Kind und der Stolz des jungen Vaters seien sicher hilfreich. Schließlich sei Herbert kein schlechter Mensch, nur schwach eben und krank.

Das Opfer

Als sie sich erhob, waren ihre Wangen naß und die Augenlider schwer. Mühsam bewegte sie die Arme, dann die Beine. Der Bauch, der dicke Bauch, war ihr im Weg. Er hatte sie in den Leib getreten. "Oh Gott, das Kind!" dachte sie. Vorsichtig betastete sie die Wölbung ihres Leibes. Da war eine Stelle, die schmerzte, dicht unter ihrem Nabel, aber innen, vorsichtig hoffend begriff sie, innen war anscheinend alles in Ordnung. Trotzdem, sie würde gleich einen Termin beim Arzt machen.
Schwerfällig schritt sie zum Spiegel. Oh Gott, wie sah sie aus! - So konnte sie nicht unter die Leute! - Was würden die sagen! - Also nicht zum Arzt? - Sie hob den Rock auf und besah ihren Bauch. Da war eine rotverfärbte Stelle, wo es weh tat, dicht unter der Haut. "Das wird später blau", dachte sie. Sie drehte den Wasserhahn auf und hielt ihr Gesicht unter das kalte Wasser. Die Schwellungen unter den Augen sollten nicht so dick werden. Der kleine Finger der linken Hand stand merkwürdig ab. Als sie ihn berührte, wurde ihr schlecht. Sie übergab sich ins

Klo. Dorthin schaffte sie es gerade noch. Dann preßte sie sich den Waschlappen, den sie unters Wasser gehalten hatte, auf das brennende Gesicht, immer darauf bedacht, nicht an den kleinen Finger der linken Hand zu kommen, der so eigenartig verbogen war. Dann kam ihr eine Idee. Die Mutter war heute beim Doktor zum Putzen. Dorthin wollte sie. Vielleicht konnte der den Finger wieder richten. Mühsam und immer noch benommen suchte sie ihre Schuhe und schlüpfte hinein. Es wurde langsam dunkel draußen, da konnten die Leute sie nicht so gut sehen.

Er war sicher wieder im Wirtshaus und ließ seine Sprüche los. Eine dumpfe Wut überkam sie. Was sollte das alles! Wie kam der Kerl dazu! - Der konnte froh sein, daß sie ihn trotz seiner Vorstrafe geheiratet hatte! Welche Frau hätte das schon gemacht? - Aber sie hatte gedacht, das ordentliche Leben in der Ehe würde ihn zur Ruhe bringen. Am Anfang war das auch gutgegangen. Aber in letzter Zeit war er immer öfter mit den anderen vom Bau trinken gegangen. Das war nicht gut für ihn. Er wurde gereizt und ungerecht. Ausgerechnet an ihr, die sie doch immer auf seiner Seite war, ließ er seine Wut aus.

Sollte sie das überhaupt der Mutter sagen? - Sie machte sich doch sowieso schon Sorgen! - Aber wenn nicht der Mutter, wem dann? Wenn nun was mit dem Baby schiefging, dann würde sie die Mutter zur Hilfe brauchen, also würde sie es doch erfahren. Arme Mutter! Sie war immer so stolz auf ihre Kinder gewesen, und nun hatte ihre Tochter einen Säufer zum Mann!

Da war der Mantel! - Ein Kopftuch verbarg gut gebunden das zerschlagene Gesicht. Mit welcher Wucht seine Faust getroffen hatte! - Wie weh das tat am Finger, als sie ganz vorsichtig in den Gott sei Dank weiten Mantelärmel schlüpfte. Es schien Jahre zu dauern. Ihr wurde wieder schlecht. Sie riß die Haustür auf. Die kalte Luft, die über ihr Gesicht strich, tat gut. Tief atmete sie ein. Sie nahm den Weg durch die Wiesen am Bach entlang und hatte Glück. Niemand kam ihr entgegen.

Endlich das Haus von Dr. Braun! - In den Fenstern war schon Licht. Sie ging um das Haus herum und klopfte an die Scheiben der Küchentür. "Ja, wer ist da?" antwortete die Stimme ihrer Mutter.

Plötzlich war sie erleichtert. Mutter war da, nun war alles nicht mehr so schlimm! Vorsichtig öffnete sie die Tür: "Ich wollte Dich abholen." Die Mutter ergriff sie am Ärmel, um sie hereinzuziehen. Dabei streifte sie den Finger. Kathi schrie auf. Mit einem Griff zog ihr die erschrockene Frau das Kopftuch vom Kopf, warf einen entsetzten Blick auf das entstellte Gesicht ihrer Tochter, dann drehte sie sich auf dem Absatz um, lief ins Wohnzimmer und schrie: "Frau Doktor, Frau Doktor", als würde es brennen.

Die Chefin kam und sah, faßte Kathi wortlos unterm Arm und zog sie, ohne auf den Protest der letzten Patienten zu achten, die im Wartezimmer warteten, ins Ordinationszimmer zu ihrem Mann, der gerade einen Patienten entlassen hatte und am Waschbecken stand.

Er blickte auf und sah Kathi. "Schicken Sie die andern Patienten fort und sagen Sie ihnen, wir hätten einen Notfall" sagte er zur Sprechstundenhilfe, bevor er die junge Frau vorsichtig unter die Lampe zog und betrachtete. Niemand sprach ein Wort, als er ihr behutsam aus dem Mantel half. "Zuerst das Baby!" - Kathi legte sich auf die Liege, zu der man sie geschoben hatte. Gründlich untersuchte er ihren Bauch, hörte die Herztöne ab, dann sagte er: "Das hat offensichtlich nur einen Schrecken abbekommen, aber wir müssen es in den nächsten Tagen genau beobachten. Mein Gott, der Kerl hat dich ja mit dem Stiefel in den Bauch getreten, da ist der ganze Schuhabdruck! So ein Schwein!"-

Jetzt erst begann Kathi zu weinen. Alles zog sich in ihrem Hals zusammen. "Alkohol?" fragte der Arzt. Sie nickte und schluckte. "Ist gut, Mädchen, weine nur, das muß heraus. Sonst erstickt es das Baby. Was hast du dort am Finger? Der ist schon ganz dick, der ist gebrochen. Aber ich kann dir keinen Gips drum machen, solange er geschwollen ist. Wir wollen ihn mal röntgen, dann will ich ihn richten." Nach dem Röntgen sagte er, der Bruch sei nicht so schlimm, alles würde wieder glatt heilen, aber er müsse ihn schienen. Er gab ihr eine Spritze. Sie schaute weg, als er sich an ihrer Hand zu schaffen machte. Als sie wieder hinguckte, lag der Finger in einer Schiene, und nun wurde Mull darüber gebunden. Er tat nicht mehr weh. "Nun kümmern wir uns um deine Schönheit, nicht wahr? Wirst sehen, bald bist du wieder wie neu!" - Aufmerksam betrachtete er ihr Gesicht und den Riß über der Schläfe. "Hätte schlimmer ausgehen können", brummte er. "Ich brauche nicht zu nähen, ein Pflaster, fest darüber gespannt, genügt." Dann gab er ihr eine Salbe, die sie sich unter die Augen reiben mußte, wo sich die geschwollenen Stellen langsam blau färbten. "Gib dem Kerl den Laufpaß. Wir kriegen dein Baby auch so groß". Kathi fühlte sich plötzlich wohl. Müde schloß sie die Augen.

"Ich bringe euch zwei jetzt mit dem Auto nach Hause", sagte er zu Lina, die die ganze Zeit dabeigestanden und stumm die Hände gerungen hatte. Holen Sie ihren Mantel. Das Kind braucht Ruhe. Aber wir fahren zu Ihnen, Lina, nicht dahin, wo der Kerl wieder auftauchen kann. "Wie betäubt drehte sich Lina herum und holte ihren Mantel. Kathi folgte ihrer Mutter in den dämmerigen Flur.

Verwirrung

Sie war nirgends zu finden, als er nach Hause kam. Alles drehte sich um ihn. Sein Kopf war schwer und wirr. Hatten ihm eben nicht noch die lauten Gefährten zugeprostet, und waren sie nicht in brüllendes Gelächter ausgebrochen, als er ihnen geschildert hatte, wie er seine Frau "zur Räson" gebracht hatte?

Und jetzt war sie nicht da? Die Tischdecke, die beim Streit auf den Boden gezogen worden war, halb über ihr zerbrochenes Geschirr und verschütteter Kaffee lag noch da. Wütend registrierte er, daß sie nicht aufgeräumt hatte. Das tat sie doch sonst immer! Peinlich sauber war die Wohnung normalerweise. Auf dem Tisch stand im Sommer ein Strauß bunter Feldblumen, im Winter gab es Zweige mit selbstgebastelten Strohsternen daran. Auf der Fensterbank waren sauber aufgereiht gepflegte Blumenstöcke, in der Küche standen die Teller ordentlich im Schrank, die Kochgeräte hingen an einem Brett über dem Herd, das er ihr gebastelt hatte.

Jetzt war alles anders. Unordnung, wohin er blickte - und nirgends Kathi! - Ihm wurde schlecht. Da schleppte er sich ins Bad. Feine Blutstropfen waren angetrocknet auf den Fliesen neben der Toilette. Er wurde schlagartig nüchtern. War sie verletzt? Was hatte er getan? Sie trug doch sein Kind unter dem Herzen, wie hatte er sie schlagen können! Er war so wütend geworden, weil sie recht hatte mit ihren Vorhaltungen. Das Baby sollte bald zur Welt kommen und er trank wieder, kam schon von der Arbeit angeheitert nach Hause und ging dann weg, um mit seinen Kumpanen, "Freunde" wollte er sie nicht nennen, weiter zu trinken. Spät am Abend kam er dann heim, um am nächsten Morgen mühsam aus dem Bett zu kriechen, bis er wieder etwas getrunken hatte und sich besser fühlte. Neuerdings hatte er ein merkwürdiges Zittern festgestellt, wenn er nüchtern war. Kathi hatte er erzählt, er sei vor einiger Zeit auf den Arm gefallen, seitdem habe er das manchmal. Aber sie war nicht mehr hinters Licht zu führen. Lina hatte sie gewarnt. Bei Mariechens Mann war das so gewesen, bevor er krank wurde und starb.

Aber so schlimm wie der war er doch nie gewesen, oder? - Die Bluttropfen! Was bedeuteten sie? War Käthi verletzt? War sie im Krankenhaus und daher nicht da? Es kam ihm nicht in den Sinn, daß sie ihn hätte verlassen können. So schlimm hatte er sie doch nicht geschlagen? Oder doch? Oder nicht? Aber sie war schwanger! Was war er für ein Schwein! Voller Selbsthaß schlug er seinen Kopf an den Türrahmen, bis er Sterne sah. Und wie schwer hatte er sie verletzt? Lebte das Kind noch? Oder hatte er es für sein ganzes Leben geschädigt? Und er trug ein ganzes Leben lang Schuld! Sein eigenes Kind!! War er ein Monster? -

Oder war er nicht doch zu bedauern? - Immer wieder hatte er in letzter Zeit den Arbeitsplatz wechseln müssen, in diesem schweren Beruf. Er schuftete von morgens bis abends für diese neue Wohnung. Erst hatten seine Eltern gesagt, sie würden beim Abtragen der Hypothek für das neue Häuschen in Hunoldstal, das sie vor einiger Zeit gekauft hatten, helfen. Als sie aber feststellten, daß er einen Teil seines verdienten Geldes in Alkohol umsetzte, hatte sein Vater das Versprechen zurückgezogen. Wenn er Geld zum Saufen habe, hatte er gesagt, dann könne er auch die Wohnung zahlen. Seine Mutter hatte geweint. Die

Eltern zogen sich nicht nur von ihm zurück. Seine Mutter bemerkte dazu, daß die Schwiegertochter ihn hätte davor bewahren müssen!

Selbstmitleid überschwemmte ihn, und er begann zu weinen. Nein, der stattliche Mann war kein schöner Anblick im Augenblick! - Wasser lief ihm aus den Augen, die Nase troff und ein Schleimfaden tropfte aus dem halbgeöffneten Mund auf das Hemd.

Dann kam ihm eine Idee: Seine Schwiegermutter mußte doch wissen, wo Kathi war. Wenn sie heute in der Nacht nicht nach Hause käme, wollte er morgen früh vor der Arbeit gehen und sie fragen. Jetzt, mitten in der Nacht und in seinem derzeitigen Zustand konnte er ja schlecht gehen. Aber schlafen konnte er nicht. Er zog die Jacke wieder an, die er achtlos über einen Stuhl geworfen hatte, und ging hinaus. Es trieb ihn aus dem Dorf Hunoldstal hinaus in Richtung der Wiesen hinüber nach Brombach. Ohne es zu wissen, ging er denselben Weg an der Weil entlang, den seine Frau vor Stunden gegangen war, um bei ihrer Mutter Hilfe zu suchen, Dann ging er durch die stillen Dorfstraßen bis vor das Haus seiner Schwiegermutter. Alles war still. Nur ein Hund, vielleicht Mariechens Hund, heulte auf, um dann, empört über die Störung zu unstatthafter Zeit, zu bellen. Irgendwer rief ihn schlaftrunken zur Ruhe, da wurde es wieder still. Das alte Haus lag im Dunkel. Da kehrte er um und ging wieder zurück. Ein schmaler, rötlicher Streif war am Himmel, als er wieder zu Hause ankam. Er ging ins Schlafzimmer und warf sich aufs Bett, ohne die Tagesdecke herunter zu nehmen und ohne die Socken auszuziehen. Morgen würde er alles klären. Dann schlief er, von wirren Alpträumen geplagt, ein.

Als der Wecker früher als sonst klingelte, brauchte er eine ganze Weile, um sich zu erinnern, was gestern geschehen war und warum er so früh auf sein wollte. Kathi war nicht gekommen. Er ging in die Küche und machte sich einen Kaffee, wobei er feststellte, daß er kaum wußte, wo alle Sachen standen, so sehr hatte er sich daran gewöhnt, daß seine Frau ihn bediente. Als er diesmal an das Haus seiner Schwiegermutter kam, war Licht in der Küche. Er klopfte zaghaft. Lina kam heraus. Als sie ihn sah, legte sie den Finger an die Lippen: "Psst, sie schläft noch! Du

Hund, Du Elendiger!" Herbert duckte sich, als hätte er einen Schlag bekommen. Dann fragte er zitternd- ja, da war es wieder - wie es Kathi gehen würde, daß ihm leid tue, was geschehen sei, daß er so etwas nie wieder machen würde, und ob er sie nicht doch sprechen könnte, vielleicht später, um sie um Verzeihung zu bitten. Er wolle nochmal eine Entziehungskur machen, er verspreche, er würde einen neuen Arbeitplatz suchen, wo sie nicht so viel trinken würden und vieles andere mehr.

Lina blieb hart. Sie berichtete kurz, welchen Rat der Doktor Kathi gegeben hatte und sagte, er möge nie mehr hierherkommen, um Kathi zu belästigen. Sie würde bei ihr bleiben.

Mit hängenden Schultern ging Herbert zurück in die Wohnung. Er wußte, wenn sich jetzt nicht alles änderte, würde er es nie mehr schaffen. Er rief in der Firma an und meldete sich krank. Das verschaffte ihm drei Tage Zeit. Dann würde er einen Krankenschein bringen müssen. - Krank war er, das fühlte er. Das Zittern wurde schlimmer. Er legte sich aufs Bett, ohne schlafen zu können. Er versuchte noch einmal, Kaffee zu kochen, verschüttete ihn aber über den Tisch, dessen Tuch immer noch auf der Erde lag. Was war mit Kathi? - Seine Schwiegermutter hatte über ihren Zustand keine Auskunft gegeben. Er schien es nicht wert zu sein. Aber er hatte erfahren, daß sie bei Dr. Braun gewesen war. Der mußte dem Ehemann doch Auskunft geben, oder? - Seine Versuche, aufzustehen und aufzuräumen mußte er einige Male aufgeben, da das Zittern stärker wurde. Fast schüttelte es den ganzen Leib. In der Ecke saßen dicke Tiere und putzten sich. Er griff nach dem Besen, um sie zu vertreiben, aber als er wieder hinsah, war da nichts. Er hatte mit offenen Augen geträumt. Dann wölbte sich die Decke nach oben wie das Dach einer Kirche und kam wieder herunter. Dabei wurde die Kette, an der die Lampe aufgehängt war, plötzlich ganz lang, dann wieder kurz, denn die Lampe blieb an ihrem Platz. Gegenstände, die er greifen wollte, verschwanden plötzlich, auch der Telefonhörer, als er sich in den Flur schleppte, um nun doch endlich Dr. Braun anzurufen. Dann war er wieder da. Als er nach dem Hörer griff, kippte er vornüber und fiel auf den Boden. Wie lange er dort gelegen hatte, bevor er wieder zu sich kam, wußte er nicht. Er wußte auch nicht, warum er da lag und der Telefonhörer aus der Gabel gerissen war, herunterbaumelte und dicht über seinem Ohr, unendlich laut, wie ihm schien, und außerordentlich spöttisch, tutete und tutete. Er rappelte sich hoch, legte den Hörer auf und schleppte sich ins Bad. Eine unsinnige Gier nach Alkohol verdrängte jeden vernünftigen Gedanken. Im Bad stand Rasierwasser, das ihm die Eltern zu Weihnachten geschenkt hatten. Er streckte seine Hand danach aus, als ihm das Absurde seines Tuns blitzartig bewußt wurde. Rasierwasser wollte er trinken? So weit war er also? Nein! Ein letzter Rest von Willenskraft erfüllte ihn mit unsagbarem Zorn. Er nahm die Flasche und warf sie aus dem Fenster.

Dr. Braun! - Er schleppte sich wieder aus dem Haus und ging, noch einmal den Weg durch die Wiesen machend, zu Dr. Braun. Aber er wurde nicht so liebevoll vorgezogen wie seine Frau gestern abend. Es schienen Stunden, die er, sein Zittern verbergend, verkrampft und verzweifelt im Wartezimmer sitzen mußte. Jeder schien ihn hämisch anzugrinsen, der vor ihm drankam. Langsam, unendlich langsam verrann die Zeit, bis er ins Ordinationszimmer gerufen wurde.

Kalt sah ihn der Doktor an: "Aha, jetzt kommst du auch zu mir! - Gestern hättest du kommen müssen, als ich deine arme Frau verband und den gebrochenen Finger schiente! Gestern hättest du kommen müssen und ansehen, was du angerichtet hast! - Also, was ist los?" "Das Kind", stotterte Herbert, "das Kind, hat es Schaden erlitten?" - "Wahrscheinlich hast du noch einmal Glück gehabt, aber hundertprozentig sieht man das erst, wenn es geboren ist. Die Herztöne waren intakt," bekam er zur Antwort. "Ich bin krank", stöhnte Herbert und schlug zitternd die Hände vors Gesicht. "Oh ja, du bist krank!" rief der Arzt, "und du weißt es schon lange. Warum bist du nicht gleich gekommen, als es wieder anfing mit der Trinkerei? Bist du so dumm und verbohrt, daß du nicht gemerkt hast, wie es um dich steht? - Schau da, das Zittern, hast du es schon lange? Es sind Entzugserscheinungen. Also hast du heute noch nichts gehabt? - Wolltest endlich aufhören? Hast doch noch ein Gewissen? Schaffst es nicht mehr?" - Herbert kroch in sich zusammen, dachte an die Rasierwasserflasche, fühlte sich unglaublich klein und elend, ekelte sich vor sich selbst. Wie oft hatte er nun versprochen, nicht mehr zu trinken? Wie oft hatte er die Schuld anderen in die Schuhe geschoben, seine eigenen Fehler anderen angedichtet? Er schlug sich die Fäuste an den Kopf und schrie plötzlich: "Ich glaube, ich werde verrückt!" - "Das glaube ich auch", antwortete der Arzt. Er war nicht geneigt zu trösten oder zu beschönigen. Hier half nur die schonungslose Wahrheit. Nur dann konnte er helfen. Tränen rannen über Herberts Gesicht: "So helfen Sie mir doch! Ich will nicht mehr, ich will nicht mehr trinken!" -

"Endlich bittest du mich um Hilfe", sagte Dr. Braun. "Darauf habe ich gewartet." Er trat zu einem kleinen Schrank an der Wand. "Ich gebe dir eine Spritze, dann hört das Zittern auf und dein Kopf wird klarer. Heute abend bekommst du wieder eine. Wenn du aber Alkohol, in welcher Form auch immer, trinkst, stirbst du. Dies hier ist das letzte Mittel, das ich habe. Du legst dich zu Hause hin. Du wirst unter Umständen Schmerzen bekommen, aber das wird, wenn du durchhältst, jeden Tag besser. Ich schreibe dich krank, du bleibst zu Hause, und dann suchen wir dir eine Klinik, in der du einen richtigen Entzug machen kannst. Das kennst du ja schon. Wird etwas dauern, bis ich einen Platz für dich habe, aber wenn du nicht durchhältst, geht es dir wie Mariechens Mann, der an Leberzirrhose gestorben ist, vom Suff. Und wenn du deine Käthi wieder haben willst, und gesunde Kinder, dann mußt du jetzt endgültig durchhalten. Dann nimmst du Kontakt mit den Anonymen Alkoholikern auf. Meine Sprechstundenhilfe wird dir die Adresse raussuchen - und du kommst aus der Reha erst zurück, wenn du endgültig trocken bist."

Herbert nickte stumm. Alles war ihm recht, wenn er nur aus dieser demütigenden Situation herauskam. "Wer wird in den nächsten Tagen bei dir sein?" - "Käthi." - "Nein, Käthi nicht! Das kann sie nicht verkraften!" - "Also will ich meine Mutter fragen." - "Gut".

Wie ein geprügelter Hund schlich er sich, nachdem er nun mit ruhigeren Händen zu Hause doch etwas Ordnung gemacht und ein paar Sachen eingepackt hatte, zu seinen Eltern und bat um "Obdach und Pflege", nachdem er alles der Wahrheit gemäß erzählt hatte. "Mein Enkelkind!", schrie seine Mutter,"Du hast mein Enkelkind mißhandelt!" Dann besann sie sich, räumte ihm doch sein altes Zimmer ein. In die Wirtschaft selbst setzte er keinen Fuß. Sein Vater hätte ihn auch nicht dorthin gelassen. Zu erreichbar war dort der Alkohol, der das Leben des jungen Mannes und seiner Familie zu zerstören drohte. Aber dann schlug seine besorgte Mutter vor, daß sie ihn doch lieber in seiner und Kathis Wohnung pflegen wolle, wo alle Versuchungen weit weg waren.

Ein neuer Versuch

Als Käthi davon hörte, weinte sie vor Erleichterung, und als sie sich wieder besser fühlte, ging sie und löste ihre Schwiegermutter ab. Herbert warf sich buchstäblich vor ihr auf die Knie und bat sie um Verzeihung. Aber es waren dennoch schwere Wochen für sie, denn Herberts Stimmungen schwankten zwischen Reue und Aggressivität sich selbst gegenüber. Es dauerte länger, als sie gehofft hatten, bis Dr. Braun den ersehnten Platz in einer Klinik gefunden hatte, die bereit war, den Kranken aufzunehmen.
Als Herbert nach vielen Wochen zurückkam, war er ein neuer Mensch. Ausgeglichen, zärtlich zu seiner Frau, fürsorglich und zuverlässig. Er war wieder voll arbeitsfähig, und Chefs und Kollegen lobten seine Tüchtigkeit und Zuverlässigkeit.
Das Glück war vollkommen, als ohne Komplikationen ein strammer und gesunder Sohn geboren wurde.
Zwei Jahre später bekamen die jungen Leute ein Mädchen. Es war von Anfang an, fand Großmutter Lina, ein wundervolles Kind. Es war nicht schrumpelig wie andere Neugeborene, sondern glatt und rund wie eine kleine Puppe. Leuchtend blaue Augen öffneten sich der Welt, umstrahlt von einem Kranz ganz feiner, heller Härchen. Herbert begriff seine eigene dunkle Vergangenheit nicht mehr.
Wie hatte er ein solches Glück je in Gefahr bringen können? - Er war ein wundervoller Vater. So wurde nach weiteren zwei Jahren noch ein kleiner Junge zu dem lebhaften Haushalt gezählt. "Es reicht!" lachte Kathi, als sie nun das dritte Kind in

den Armen hielt und Lina zeigte. "Ja, es reicht", strahlte Lina, "denn man muß sie ja auch großziehen, nicht wahr? - Aber ich helf' dir schon, Kind." Tatsächlich war Oma Lina immer da, wenn die kleine Schar gehütet werden mußte. Auch Herbert sagte: "Nun müssen wir aufpassen. Wie sollen wir die vielen Mäuler füttern?" Käthi lachte: "Ei Dabbes, ich helfe mit: Die Oma ist da, und schnell werden sie so groß sein, daß ich wieder putzen gehen kann. "

" Es ist jetzt schon knapp", stöhnte er. "Mein Auto ist alt und wird nicht mehr durch den TÜV kommen, und ich brauche es doch, um zur Arbeit zu fahren. Die Eltern können nicht mehr beisteuern als früher schon. Die Wirtschaft geht nicht mehr so gut, und sie wollen sie verkaufen, und die Rente, die sie bekommen werden, reicht gerade für sie selbst. Selbst wenn ich wieder ein gebrauchtes Auto kaufe, reicht es nicht hin." - "Ja", sagte Kathi," die Eltern hätten mehr, wenn sie damals nicht so eingesprungen wären, als du den schlimmen Unfall hattest. Ihr ganzes Gespartes ist draufgegangen." - "Machst du mir nun die alten Geschichten zum Vorwurf, oder was?" fuhr Herbert auf. "Nein", versuchte Kathi zu begütigen", aber wir müssen die Realität doch so sehen, wie sie ist". Wütend drehte er sich um und knallte die Tür zu, als er das Zimmer verließ. Da war es wieder, das Gefühl, daß er nichts richtig machen konnte. Immer waren die anderen tüchtiger, besser, schneller, schlauer. Eine unsinnige Gier nach einem Glas Schnaps erfüllte ihn. Er wollte umdrehen und seine Jacke holen in der das Geld steckte - der Autoschlüssel - dann kam ihm zu Bewußtsein, was er hatte tun wollen, ganz reflexartig, nach so vielen Jahren! Er schauderte. So einer war er also! - Konnte auch jetzt nicht von dem Zeug lassen, nur weil er sich geärgert hatte! - Tiefe Scham überkam ihn. Und Käthi, was hatte sie anders gesagt, als daß sie ihre Hilfe angeboten hatte! Und wenn sie ihn tadelte, hatte sie nicht ein Recht dazu?

Reumütig ging er wieder hinein. "Ich wollte mich entschuldigen" stieß er zerknirscht zwischen den Zähnen hervor. Da erhob sich Kathi von ihrem Stuhl, ging ohne ein Wort zu sagen auf ihn zu und umarmte ihn. Dabei flüsterte sie: "Du weißt doch, daß, was immer ich sage, ich auf deiner Seite bin. Also, vielleicht können wir das Mariechen bitten, auch zweimal in der Woche auf die Kinder aufzupassen. Ich will sie fragen. Das verdiente Geld sparen wir, und wenn es genug ist, bekommst Du ein neues Auto, ja?"

Als viele Jahre später doch noch ein kleiner Bub geboren wurde, wurde er von den "Großen" überschwenglich begrüßt und reichlich verwöhnt.

Die Kinder wuchsen heran und machten ihren Eltern Freude. Lina war glücklich. Sie löste sich mit Mariechen im Kinderhüten ab, wenn Kathi zur Arbeit ging. Dennoch ging sie, obwohl es ihr immer schwerer wurde, noch zu Dr. Braun.

Was sie sich absparen konnte, steckte sie ihrer Tochter und den Kindern zu.

Auch Karl hatte geheiratet. Die Schwiegertochter Helga war eine kluge und redliche Frau und verstand sich besonders gut mit Lina. Auch von ihnen hatte Lina zwei Enkelkinder. Karl hatte bei der Polizei Karriere gemacht. In den ersten Ehejahren hatte seine Frau noch einer Bank als Sekretärin einen gut bezahlten Posten gehabt, daher standen sie finanziell recht gut. Auch steckten die Eltern von Karls Frau der jungen Familie manches zu. Hier war wirklich kein Grund für Lina, sich Sorgen zu machen.

Zwischen Karl und seinem Schwager war nicht gerade Feindschaft, aber Karl konnte nicht recht verstehen und verzeihen, was Herbert seiner geliebten "kleinen Schwester" einmal angetan hatte. Er zwang sich zwar zu einer verwandtschaftlichen Freundlichkeit, aber zu einer freundschaftlichen Vertrautheit kam es nie. Karl blieb mißtrauisch. Oft dachte er an einen besonderen Sommertag, als er sich versprochen hatte, immer auf Kathi aufzupassen - und dann war er, als sie ihn dringend brauchte, nicht dagewesen, um sie zu beschützen!

Dennoch mußte er zugeben, daß sich Herbert nun musterhaft verhielt.

Wie die Zeit verging!

Kathis Ältester war schon in Usingen in der Lehre und hatte eine Freundin, die Tochter seines Meisters. In diesem Haus war er gerne gesehen und oft eingeladen, denn der Meister hielt große Stücke auf ihn und hatte so seine heimlichen Wünsche, die das Liebespaar betrafen.

Der zweite Bub war ein Autonarr, und so lag es nahe, daß er in einer Autowerkstatt in die Lehre ging.

Herbert hatte längst sein "neues altes Auto" bekommen und hatte nun den Handwerker zum Reparieren sozusagen im Haus, was Vater und Sohn eng zusammenbrachte.

Sabrina, die Tochter, begann, als sie 12 Jahre alt war, wenn die Schularbeiten gemacht waren, der Mutter manchmal bei der Arbeit zu helfen. Da sie fleißig und ordentlich war, sah die Chefin die "Hilfe ihrer Hilfe", wie sie einmal sagte, gern. Einige Male, als Kathi sich nicht wohl fühlte, ersetzte sie sogar die Mutter, ohne daß die Chefin etwas ahnte, denn die Räume wurden gereinigt, wenn die Belegschaft nach Hause gegangen war. Froh sah Lina, daß ihre Kinder und Enkel ein geordnetes Leben führten, und Dankbarkeit erfüllte sie. Hatten sich doch ihres Willem Tugenden auf die Kinder vererbt, dachte sie.

Richtfest

In der Firma, in der Herbert arbeitete, war die gesamte Belegschaft bei der Erstellung eines Neubaus zum Richtfest eingeladen. Es war ein heißer Tag gewesen. Bierkästen standen unter mit Eßwaren beladenen Tischen. Herbert war durstig und fragte, ob er ein Mineralwasser haben könne.

Er wurde ausgelacht. Mineralwasser bei einem Richtfest, das gab es nicht. - Er müsse noch Auto fahren! -"Dann nimmst du eben den Bus, du Schwächling!" - Das war es also! - Der "Schwächling" wollte kein Bier! Man neckte ihn damit. Allmählich wurde Herbert wütend. Er sei kein Schwächling! - Das lasse er sich nicht sagen! - Dann solle er ein Bier auf einen Sitz herunterzischen, wie sich das für einen vom Bau gehöre! - Irgendwer reichte ihm ein volles Bierglas und Herbert trank. Spät in der Nacht setzte ihn ein Kollege, Herbert war auch als Betrunkener nicht davon abzubringen, sein Auto nicht anzurühren, an der Haustüre ab. Polternd schwankte er in den Flur, wo ihm Kathi erschrocken entgegen kam. "Aber..." sagte sie. Da gab er ihr eine schallende Ohrfeige. "Du bist schuld", brüllte er, "Du bist an allem schuld. Du hast mich zu einem Waschlappen gemacht! - Die ganze Firma hat über mich gelacht!" Dann steuerte er schwerfällig auf das Schlafzimmer zu. Kathi rannte in das Kinderzimmer und drehte den Schlüssel von innen im Schloß herum. Dann setzte sie sich auf einen der Kinderstühle,"Haben sie ihn also wieder soweit gebracht", stöhnte sie, und rang die Hände. So blieb sie, bis sie vor Kälte zitterte. Da legte sie sich zu ihrem kleinen Nachkömmling ins Bett, der sich selig an sie schmiegte und weiterschlief. Sie hörte, wie sich ihr Mann im Schlafzimmer ins Bett warf, dann war es still.

Als es am Morgen Zeit wurde, die Kinder zu wecken, ging sie zögernd ins Schlafzimmer. Herbert lag in allen Kleidern und mit Schuhen im Bett und schnarchte laut. Leise schlich sie herum und holte ihre Sachen. Im Bad zog sie sich an, dann ging sie in die Küche, um den Kindern das Frühstück zu machen. "Ich habe heute Nacht was Komisches geträumt", begann Sabrina: "Ich hörte Papa schreien. Ich dachte fast, das wäre echt gewesen, aber dann war es still, da habe ich gemerkt, daß ich geträumt hatte." - "Papa ist heute nacht sehr spät gekommen", bestätigte Kathi leicht verlegen, "darum hast du das geträumt." - "Ich habe nichts geträumt, strahlte der Kleine. "Aber du bist ganz lieb in mein Bett gekommen und warst ganz schmuselig." Kathi küßte ihn. "Mir war eben auch schmuselig nach dir", antwortete sie. "Wenn er nur nicht herunterkommt, solange die Kinder hier sind", hoffte sie.

Erst als die Großen weg und der Kleine im Kindergarten waren, kam Herbert herunter. "Ich glaube, ich hatte getrunken" murmelte er kleinlaut. "Ich konnte nicht anders, sie haben es mir aufgezwungen. Was war, warum hast du bei den Kindern geschlafen?" - "Geh' unter die Dusche, du stinkst!" - "Mach mir aber einen starken Kaffee! - Also, was war?" - "Du hast mich geschlagen, da habe ich mich bei dem Kleinen eingeschlossen." - "Ich habe dich geschlagen? - Spinnst du? Ich schlage dich doch nicht!" - "Doch!" - "Oh Gott! Wieder! - Das wollte ich nicht! - Was war denn? Ich kann mich an nichts erinnern! - Oh Gott, mein Kopf! - Ich werde noch dämlich!" - " Laß Gott aus dem

Spiel. Dämlich bist du schon! Da braucht's nicht mehr viel."
Stöhnend verzog sich Herbert ins Bad. Dann rief er: "Wo ist
denn mein Auto? - Bin ich mit dem Auto gekommen?" - "Nein,
ein Kollege hat dich gebracht." -
"Wenigstens das nicht," seufzte er, bevor er die Dusche anstell-
te und das heiße Wasser über seinen Körper laufen ließ, zum
Schluß kaltes über seinen schmerzenden Kopf.

Sorgen

Die alte Frau kam selbst. Wie immer hatte sie Küchenkräuter
aus ihrem Garten in der Tasche, und Süßigkeiten für die Kinder.
Aber sie schien bedrückt. Die Hausfrau kochte einen Kaffee.
"Lina, kommen Sie, ich habe einen Kaffee gekocht, trinken Sie
ihn mit mir?" "Wie geschwollen ihre Beine sind," dachte sie.
"Ich bin zwanzig Jahre jünger, ich sollte sie nicht für mich arbeiten lassen. Warum war die Tochter nicht gekommen?" Schwer
fiel die alte Frau auf den hingeschobenen Küchenstuhl. "Ach ja,
das ist lieb von Ihnen, ein Kaffee tut gut", seufzte sie. "Raus mit
der Sprache, was ist los?" wurde sie aufgefordert. "Warum ist
die Käthe nicht gekommen?" - Wieder ein Seufzer. Dann senkte
sie den Kopf tief über die Tasse. "Der bringt das Kind noch einmal um, sag ich Ihnen. Das ist ein ganz gemeiner Kerl, der!
Immer die Sauferei! - Wenn Kathi das Geld von Ihnen nicht
hätte und das, was ich ihr zustecke, dann wäre es noch schlimmer. Nun versteckt das Kind sein bißchen Haushaltsgeld schon
bei mir damit, er es nicht findet." - Tränen fielen in die Kaffee-
tasse. "Und die Kinder kriegen das alles mit!" - Schweigen senkte sich über die beiden Frauen. "Der Pfarrer, vielleicht kann der
Pfarrer ihm mal gut zureden. Er war doch nun schon im Gefäng-
nis. Da sollte er doch aufpassen!" - "Ach der Pfarrer! Dem kann
man doch auch nicht alles sagen!" - "Was denn noch?" - "Der
klaut doch auf der Baustelle und verkauft das Zeug. Woher soll
er sonst das Geld für die Sauferei nehmen?" Wieder fielen Tränen in den Kaffee.

Die Frau begriff, was ihr eben gesagt worden war. Da war eine Familie, nie reich gewesen, immer am Rande der Existenz, aber immer ehrlich, anständig, fromm, angesehen in der Gemeinde, beliebt bei allen Arbeitgebern, und dann brach da einer ein, für den die Regeln, die sich die Gesellschaft gegeben hatte, nicht galten. "Das bringt sie um", dachte sie mitfühlend. "Oh Gott, Frau, welch ein Kreuz hat dir der Herr auferlegt!"-"Das haben Sie und Käthe nicht verdient", sagte sie laut. "Ich würde trotzdem mal mit dem Pfarrer reden."

Am nächsten Dienstag kam Lina wieder. Sie war nicht mehr so bedrückt. "Das war eine gute Idee, mit dem Pfarrer zu reden", erzählte sie."Der hat ihn zu sich bestellt und ihm ganz schön die Leviten gelesen. Und er hat Schweigepflicht, das hat er mir gleich gesagt. Nun geht es schon viele Tage gut. Er ist abends nach Hause gekommen und hat der Käthi sogar im Garten geholfen". Die Chefin atmete durch. Es war schrecklich, die gute Seele so verzweifelt und deprimiert zu sehen. In den Wochen danach kam die junge Frau. Sie war wieder schwanger. Einige Wochen später erlitt sie eine Fehlgeburt. Es seien genug Kinder, meinte Lina, obwohl sie in ihre Enkel ganz vernarrt war. Aber die Mütter müßten sie ja füttern und waschen und für sie sorgen. Die Väter würden sich ganz schön aus der Verantwortung schleichen - mit Ausnahme von ihrem verstorbenen Willem. Aber der sei sowieso nie wie andere Männer gewesen. So einen wie den Willem gäbe es kein zweites Mal, bemerkte Lina dazu.

Wie früher konnte sich Herbert immer weniger dem Druck seiner Kollegen, hier und da ein Bier ("Bier ist doch kein Alkohol!") und hie und da einen "Klaren zur Brust zu nehmen" entziehen. Er trank zwar nicht regelmäßig, aber immer öfter. An einem Sonntag kam es zur Katastrophe.

Kathi kam mit Sabrina nach Hause. Es war lustig gewesen, auf dem Schulfest. Sie hatten viel gelacht. Es tat gut, unter den jungen Leuten zu sein. Sie war froh, daß er nicht mitgekommen war. In letzter Zeit ging es nicht gut mit ihm. Um die schulischen Dinge seiner Kinder hatte er sich zwar nie gekümmert, aber wenn es etwas zu feiern gab, war er schnell dabei. Dann prahlte er mit seiner Körperkraft und Männlichkeit, seinem Mut und seinem Geschick, daß es peinlich wurde. Oft gab es Streit, wenn Kathi ihn nach Hause zu lotsen versuchte. Im vorigen Jahr hatte er eine Arbeitsstelle verloren. Es war wohl zu viel Material von der Baustelle verschwunden. Da er oft nicht wußte, was er gesagt oder getan hatte, konnte er auch nicht beweisen, daß er schuldlos war - wenn er es denn war, denn selbst seine Frau hatte ihre Zweifel. Zwar verdiente sie selbst die Raten fürs Haus und das Geld für das Essen, aber auch sein Gehalt konnte unmöglich für den Alkohol und die Zigaretten reichen, die er konsumierte. Ihre Mutter tat immer mal heimlich was zu ihrem Budget und versorgte sie mit Obst und Gemüse aus ihrem Garten, aber Kathi mußte jeden Pfennig umdrehen und sah in letzter Zeit abgearbeitet und verhärmt aus. Heute allerdings auf dem Fest war sie wirklich lustig gewesen und hatte ihre Sorgen vergessen.

Sie wurde jäh in die Wirklichkeit zurückgerissen. Schon von Weitem hörte sie ihn im Haus krakeelen und Lärm machen. "Um Gottes Willen, der Kleine", rief sie und stürzte zum Haus. Sabrina hinter ihr her! - Heinz empfing sie an der Tür: "Mutter, er macht Krach! Ich habe den Kleinen weggebracht. Nun hat er versucht, mich zu schlagen. Aber ich bin schneller. Da ist er hingefallen und hat sich die Birne angehauen. Jetzt will er alle umbringen. Am besten, ihr laßt euch gar nicht bei ihm sehen. Vielleicht schläft er ja auf der Couch ein. Stellt euch vor, er hat sich ein Gewehr gekauft!"

Kathi wurde blaß. "Danke, daß du für den Kleinen gesorgt hast. Was will er um Gottes Willen mit einem Gewehr?" - So leise es ging, schlichen sich die beiden Frauen in Sabrinas Zimmer, um sich einzuschließen. "Geh auch weg, Bub", bat die Mutter. "Geh zum Manfred." - " Es ist besser wenn der herkommt," meinte Heinz, "dann ist noch ein Mann im Haus, wenn er wieder renitent wird. Meinst Du nicht?" - "Das finde ich gut," sagte Sabrina, "aber geh zum Telefonhäuschen, sonst merkt er es. Das soll ganz zufällig aussehen, wenn der Freddy kommt." - "Hast du Kleingeld?", flüsterte Käthe. Heinz ging. Sabrina mußte niesen. Da wurde unten die Tür aufgerissen:"Was, ihr seid da? Und

wo bleibt mein Abendessen? Wo habt ihr Weiber euch rumge-
trieben? Von meinem Geld? Immer treibt ihr euch von meinem
Geld rum! Da kann man schaffen wie ein Wilder, die Damen
gehen einfach aus!" - "Papa, wir waren auf dem Schulfest!" versuchte Sabrina zu beschwichtigen. "Auf dem Schulfest", höhnte
er, "daß ich nicht lache! Ich weiß schon, wo ihr euch rumtreibt,
faules Weibervolk! Mein sauer verdientes Geld versaufen tut
ihr!" - Dann kam eine Flut von Verwünschungen. Seine Stimme
kam näher. Sabrina und ihre Mutter hatten sich auf dem Bett
zusammengekauert. "Ein Flittchen habe ich als Tochter und eine
Nutte zur Frau", schrie er jetzt vor der Zimmertür. Er versuchte
die Tür zu öffnen, schaffte es aber nicht. Das brachte ihn noch
mehr in Wut. Mit irgendetwas donnerte er dagegen. "Macht auf,
blödes Weibervolk, sonst trete ich die Tür ein!" - Dann fiel ein
Schuß. Er versuchte, mit dem Luftgewehr die Türe aufzu-
schießen, wie er es einmal in einem Gangsterfilm gesehen hatte.
Im Flur unten stand inzwischen wieder Heinz und sah, was sein
Vater vorhatte. Angst um Mutter und Schwester befiel ihn. Der
war heute zu allem fähig! Er wollte zum Telefon, um die Polizei
zu rufen, da hörte er bereits die Sirene. Nachbarn hatten die
Polizei gerufen.

"Halt, Polizei! Lassen Sie sofort die Waffe fallen!" kam eine
barsche Stimme. Heinz wurde angewiesen, aus dem Haus zu
gehen. Wieder fiel ein Schuß. Sabrina schrie auf. Ein Holzsplit-
ter aus der Tür hatte ihr Bein getroffen und eine blutige Schram-
me gerissen. Als der Polizist eine Frauenstimme hörte und hef-
tiges Schluchzen, begann er die Treppe zu ersteigen. Und noch
einmal fiel ein Schuß, diesmal in die Richtung des Polizisten.
Der wurde am Bein getroffen und stürzte zu Boden. Zwei andere Polizisten erschienen mit gezogenen Revolvern: "Sie sind
verhaftet, lassen Sie die Waffe fallen!" -

Endlich ließ Herbert das Gewehr fallen. Handschellen klickten.
Er wurde abgeführt. "Sie sind in Sicherheit, kommen Sie ruhig
heraus," klang eine beruhigende Stimme. Kathi schloß die Tür
auf, Sabrina stützend, die heftig blutete. Der Notarzt, der inzwischen von den Polizisten gerufen worden war, barg den verletzten Polizisten und kümmerte sich um Sabrinas Wunde. Es stell-

te sich heraus, daß das Mädchen Glück gehabt hatte. Es würde nicht einmal eine Narbe bleiben. Diesmal wurde Herbert als rückfälliger, gefährlicher Gewalttäter zu einer langen Gefängnisstrafe verurteilt. Das Gericht ordnete an, daß er das Haus seiner Familie auch nach Verbüßung seiner Strafe nur mit Kathis ausdrücklicher Genehmigung betreten dürfe. Er mußte wieder eine Entziehungskur machen und sich in psychatrische Behandlung begeben.

Die Kinder, die das schreckliche Ereignis erlebt hatten, standen unter Schock. Lina zog für eine Weile zu ihnen, und ihr ruhiger und liebevoller Einfluß war Medizin für die geplagte Familie. Kathi reichte auf Zureden aller endlich die Scheidung ein. Sogar der Pfarrer war für eine Trennung der Familie, denn auch er sah Herbert als unheilbar an, mit dem man zwar Mitleid haben, vor dessen unglücklichem Temperament man sich aber auf jeden Fall schützen müsse.

Jahre waren vergangen. Durch eine Nachbarin lernte Kathi einen jungen Handwerker kennen, einen Mann mit gutem Ruf, der ihr den Hof machte. Er gefiel ihr. Fast schien es, als sollte sie noch einmal glücklich werden. Von ihrem geschiedenen Mann hörte sie nichts mehr. Ihre Schwiegereltern hatte sie noch einige Male mit den Kindern besucht. Aber die Schwiegermutter starb bald, wohl an gebrochenem Herzen, wie die Leute sagten. Ihr Schwiegervater wurde ein verbitterter alter Mann, und es war wahrhaftig kein Vergnügen, mit ihm Kontakt zu halten. Er äußerte sich auch als einziger hämisch und häßlich, als ihm zugetragen wurde, daß Kathi wieder einen Verehrer habe.

Eines Tages erhielt sie einen Brief von Herbert. Er wolle sie während eines Hafturlaubes treffen, denn er habe etwas wegen der Kinder mit ihr zu besprechen. Kathi meinte, das dürfe sie nicht verweigern, wenn es um das Wohl der Kinder gehe. Er schlug vor, zu seinem Vater zu gehen, da seien sie ungestört. Ihrer Mutter sagte sie nichts davon, auch den Kindern nicht, aber dem Freund. "Ich gehe mit", sagte er besorgt. "Nein, das will ich nicht, das ist meine Sache. "Aber du kannst sicher sein, ich bin bald zurück!" Der Freund wartete lange. Als sie nicht kam, begann er sie zu suchen. Vergeblich!

Die Katastrophe

Aus dem Kofferraum tropfte eine rote Flüssigkeit. Die junge Frau runzelte die Stirn. Was da einer wohl geladen hatte? - Außerdem stand das Auto im Halteverbot. Die Taxifahrer würden sich ärgern. Immer wieder riefen sie auf der Wache an, damit die Hilfspolizistinnen, meist junge Frauen wie sie, den Parkplatz für die Taxen vor dem Bahnhof für sie frei machten. Das war der dritte diese Woche! - "Na gut, geben wir ihm eine Verwarnung." dachte sie, als sie den grauen Opel umrundete. In der Ferne pfiff ein Zug. Die Sonne warf den Schatten des Zauns in schrägen Streifen auf den Gehsteig. Das war das letzte, was sie in ihrem ganzen Leben von der Sonne sehen sollte. Ein Blitz explodierte in ihrem Kopf, ein stechender Schmerz und Finsternis. Bewußtlos sank sie auf die Straße. Eine Blutlache verbreiterte sich unter ihrem Kopf. Jemand rannte gehetzt auf den Bahnsteig. Der Bahnhofswirt hatte den Schuß gehört und die Polizistin fallen sehen. Auf den Mann, der aus dem grauen Opel sprang achtete er nicht mehr. Zum Telefon war ein Griff. Eine Funkstreife war in der Nähe, rief für die verletzte Kollegin einen Krankenwagen, bevor sie stoppte. Einer der beiden Polizisten stürzte auf den Bahnsteig, wo gerade der Zug einfuhr. Ein Mann stand dort: "Den Ausweis bitte!" - Ein weiterer Schuß fiel, der den Polizisten traf. Bevor er auf dem Boden lag, hatte sein Kollege ebenfalls geschossen, der Mann war tot, die Pistole noch in der Hand. Die Sirenen der Ambulanz heulten. Plötzlich waren Leute da. "Zurück bitte, laßt doch den Notarzt durch!" - Es war zu spät. Der Polizist verblutete in den Armen der Helfer. Die Polizistin war schon auf die Trage gehoben worden, eine der Ambulanzen, die inzwischen eingetroffen waren, raste los, um wenigstens ihr Leben zu retten.

Mehr Polizisten kamen, die Schaulustigen wurden zurückgedrängt, Reporter drängten sich durch die Menge. Der Wagen des Verbrechers wurde aufgebrochen. Man fand Waffen, kürzlich benutzt, wie der Sachverständige feststellte." Den Kofferraum, brecht den Kofferraum auf, da tropft etwas heraus!" - Man brach den Kofferraum auf. Verkrümmt liegend fand man die Leiche einer jungen Frau. Sie war noch warm. Ein Journalist ging zur Seite und übergab sich.

Das Telefon des Streifenwagens klingelte. Grün im Gesicht wankte ein Polizist heran: "Wir wissen nun, wo er die Tat begangen hat. Der Opel wurde an der Jammerhecke in Brombach gesehen. Spaziergänger hörten einen Streit zwischen einer Frau und einem Mann, dann Geräusche, die Schüsse hätten sein können, aber sie wurden durch einen vorbeifahrenden Laster übertönt, so, daß sie sich nicht sicher waren. Es klang wie Fehlzündungen, Als sie aus dem Wald herausgingen, um nachzusehen, bog der Opel gerade auf die Straße ein und verließ den Waldweg, wo er gestanden hatte. "Wird schon nichts gewesen sein!" - beruhigte man sich; "ein Streit unter Eheleuten, wie es so oft vorkommt". - Niemand kam auf die Idee, daß hier ein Mord geschehen sein könnte.

Ein weiterer Polizeiwagen kam. Ein Polizist näherte sich dem Auto mit der Leiche. Dann brach er stumm zusammen. Die Leiche der jungen Frau war seine Schwester. Die Kameraden brachten ihn zu einem Krankenwagen. Ein Sanitäter gab ihm ein Beruhigungsmittel, dann schlug er vor, ihn in ein Krankenhaus zu bringen. "Er hat einen Schock", sagte er. - "Nein, nein, ich muß zu meiner Mutter und den Kindern. Oh Gott, die arme Mutter, die armen Kinder!" schluchzte er.

"Dann geh' ich aber mit," sagte ein Kamerad. "Du fährst da nicht allein!" - Karl nahm dankbar die Hilfe seines Kollegen an.

Die alte Frau schrie auf: "Meine Kathi, meine Kathi! - Ich hab' immer gesagt, das Schwein bringt sie noch mal um!" - Das "Schwein" war der Schwiegersohn. Die Nachbarn kamen, versuchten zu trösten, wo keiner trösten konnte, begriffen den Schmerz und das Entsetzen. "Und was ist mit ihm? Haben sie ihn geschnappt?"- Karl erstattete mit weißen Lippen Bericht und erzählte das, was er von seinen Kameraden gehört hatte. "Die Kinder! - Wir müssen zu den Kindern, Mutter! Gott sei Dank, da kommt die Helga!" - Schweigend und verzweifelt umarmte der junge Mann seine Frau. Sie war es, die das Auto holte, damit die alte Frau nicht weit zu laufen brauchte." Ruft den Doktor und sagt ihm, daß wir in Hunoldstal sind. Schickt ihn uns nach," rief sie den Nachbarn zu, die froh waren, irgendwie helfen zu können. Jemand kümmerte sich um die Haustüre, die die alte Frau in ihrem Schock weit hatte offenstehen lassen, jemand kochte Kaffee und füllte ihn in eine Wärmekanne, die auf den Küchentisch gestellt wurde, zwei Frauen setzten sich in die Küche der alten Frau und warteten. Sie wußten, sie würden noch gebraucht werden. Schon nach wenigen Minuten raste das Auto des Arztes durch das Dorf in Richtung Hunoldstal,

Das Haus, das zur neuen Straße in Hunoldstal so eigenartig im Winkel stand, daß sich der kleineVorgarten und der Hof beinahe in zwei Dreiecke teilte, lag in der Mitte des Dorfes. Braune Holzschindeln bedeckten die Wand an der Wetterseite. An den anderen Wänden sah man das Fachwerk, das längst einen neuen Anstrich hätte brauchen können. Aber dazu war immer kein Geld dagewesen.

Karl trug seine Mutter eher ins Haus, als daß sie lief. Helga parkte den Wagen und ging an den beiden vorbei ins Haus. Der Kleine sprang ihnen fröhlich entgegen: "Tante, wo ist denn die Mama? Ich hab Hunger!" - Helga nahm ihn in den Arm: "Du ißt heute bei uns, drum sind wir gekommen, die Mama mußte dringend verreisen." - "Ach, wohin denn? - Dürfen wir länger aufbleiben bei dir und spielen?" Er legte den blonden Kopf schief und sah sie mit einem schelmischen Lächeln an. Seit seine Mutter wieder viel arbeitete, war er oft bei Tante und Onkel versorgt worden. Das war er gewohnt. Von der Oma sah er nur die blaue Schürze, deren Zipfel sie in der Hand hatte und immer und immer wrang und drehte. Der Onkel gab dem großen Bruder einen Wink, und sie verschwanden mit der Oma im Wohnzimmer. "Warum weinst du, Tante?" - "Ach, ich glaube, mir ist was ins Auge gekommen," sagte sie, "ich muß mich mal richtig schneuzen." Aus dem Wohnzimmer kamen Stimmen, dann der Schrei des Bruders: "Nein, nein, ihr lügt, das ist nicht wahr!" - "Hat er wieder was Schlimmes angestellt Tante?" - "Nein Kind, der nicht, der ist ein guter Junge, dein Bruder, merk' dir das!" - Wieder liefen ihr Tränen über die Backen, die sie mit dem Ärmel ihrer Bluse wegwischte. Fest hielt sie dabei den Kleinen in ihren Armen. Endlich wand er sich daraus hervor und lief ans Fenster: "Da kommt die Sabrina, Tante." - Helga stand schnell vom Stuhl auf, auf den sie sich gesetzt hatte, und ging dem jungen Mädchen entgegen. Sabrina war ein schlankes Ding, vierzehn Jahre alt, und war immer der Stolz der Familie gewesen. Sie war hübsch, intelligent und fleißig. Ihre Mutter hatte einmal gesagt: "Wenn ich mir von allen Töchtern auf der Welt eine hätte aussuchen dürfen, dann hätte ich mir meine Sabrina ausgesucht." - Helga empfing sie an der Tür: "Es ist etwas Schreckliches passiert, Kind, geh ins Wohnzimmer zu den Erwachsenen. Ich bleibe hier in der Küche mit dem Kleinen." Schnell wandte sie das Gesicht ab, damit das Kind ihre verweinten Augen nicht sehen konnte. Sabrina ging ins Wohnzimmer. Onkel Karl war da und ihr Bruder Heinz stand mit versteinertem Gesicht am Fenster, schneeweiß wie die Wand. "Du mußt sehr tapfer sein, Kind," sagte der Onkel und legte seine Hände auf ihre Schultern. Da schrie Heinz auf: "Er hat es gemacht! Das Schwein hat es gemacht! Er hat unsere Mutter umgebracht!" - Sabrina wankte und fiel in des Onkels Arme. Ein wildes Schluchzen schüttelte sie. "Immer hat er gesagt, er würde sie umbringen", stöhnte sie. "Wir müssen den Manfred anrufen, der ist bei seiner Freundin in Hausen, er muß kommen", sagte sie mit dumpfer Stimme, oder weiß er es schon?" - "Nein" - Der Onkel nahm den Hörer und wählte. Manfred war am Telefon. "Hallo, Onkel!" kam seine frische Jungmännerstimme aus dem Hörer. Dann erfuhr er die schreckliche Nachricht: "Deine Mutter ist tot. Komm sofort nach Hause!" -

Das Kreuz

Schön war es gewesen! - Manfred lehnte sich gegen die Wand des Schuppens und lächelte. Zum ersten Mal seit Jahren hatte die Großmutter glücklich ausgesehen. Die Reden des Bürgermeisters und des neuen Pfarrers waren feierlich gewesen, aber am meisten hatte sie sich doch über die herzlichen und lobenden Worte gefreut, die ihre frühere Chefin gefunden hatte, um die Achtzigjährige zu ehren. Nein, die hatte nicht übertrieben!

Großmutters Redlichkeit, ihr klarer Verstand, ihre Offenheit und Hilfsbereitschaft allen Menschen gegenüber, ihre Güte und die unaussprechliche Herzenswärme, die sie ausstrahlte, hatten seine Kindheit und Jugend begleitet, und besonders da, wo sie am finstersten gewesen war. - Dankbarkeit schuldeten ihr alle Menschen, mit denen sie in Berührung gekommen war. Seine Geschwister aber und er waren durch sie durch alle Nöte gekommen, auch solche, die für junge Menschen eigentlich viel zu schwer waren. Ihr war es zu verdanken, dem guten Onkel Karl und seiner mütterlichen Frau Helga, daß sie alle ihren Weg gemacht hatten. Und nun die Kinder, Großmutters Urenkel, waren sie nicht eine Pracht?- Das war die große, die ganz große Freude der Jubilarin. Wo wären sie alle ohne sie!

"Der Fluch der Jammerhecke hat seine Macht verloren!" schoß es ihm durch den Kopf. "Ha, das will ich zeigen!" Ein verrückter Gedanke war ihm gekommen: " Ich will heute, an Großmutters achtzigstem Geburtstag, ihrem ganz großen Ehrentag, ein Zeichen setzen!"

Er ging in die Werkstatt. Dort fand er zwei passende Pflöcke, die er schnitt und verschraubte, bis sie ein fast mannshohes Kreuz bildeten. Den Fuß des Kreuzes spitzte er an, dann suchte er Farbe. Er fand blaue. "Blau ist der Himmel," dachte er. Er schulterte das Kreuz, nahm noch einige Werkzeuge, packte alles in sein Auto und fuhr zur Jammerhecke hinauf.

"Seltsam, daß noch nie jemand daran gedacht hat, ein Kreuz zu setzen, wo hier schon so viel passiert ist." Er pflanzte das Kreuz tief in die Erde. "So, Mutter, das vertreibt die bösen Geister", murmelte er vor sich hin. Dann holte er die Farbe und strich das Kreuz tiefblau an. "Das soll die Teufel ärgern!", lachte er vor sich hin. Nein, er war nicht abergläubisch, aber hier...! Schnell pflückte er noch ein paar Blumen, die ringsum reichlich blühten, und legte sie unter das Kreuz. "Für Dich, Mutter!" Dann stieg er ins Auto. Als er nach Hause kam, waren die anderen von der Feier längst zurück und hatten ihn vermißt. Er erzählte nicht, was er inzwischen gemacht hatte. Fröhliches Lärmen erfüllte das Haus, bis die Kinder ins Bett gebracht worden waren.

Gegen Abend, als sie schon vor dem Fernseher bei den Nach-
richten saßen, hörten sie Polizeisirenen und die eines Kranken-
wagens. An der Jammerhecke war ein betrunkener Motorrad-
fahrer gegen einen Baum gefahren. Er starb auf dem Transport
ins Krankenhaus.

UsingerAnzeiger vom Freitag, den 11. August 1995,
Seite 11:

Titelzeile:

Ex-Ehemann zur Polizei:
„Ich niete euch alle um!"

Die Zeichnungen stammen von Otto Schoff, einem Maler, der, in Bremen gebürtig, nach Aufenthalten im Ausland, vor allem in Paris, zuletzt viele Jahre in Berlin lebte, und dem Freundeskreis Zilles zugerechnet werden kann. Er wurde nach der Machtergreifung Hitlers zur Gruppe der „Entarteten Kunst" gerechnet. Auch seine Werke waren in der berühmt-berüchtigten Ausstellung vertreten, da er seine jüdischen Freunde und Gönner nicht verraten wollte. Er starb vor Beginn des Zweiten Weltkrieges, geächtet durch ein Arbeits- und Ausstellungsverbot, vergessen und verkannt. Die Originalzeichnungen sind im Privatbesitz der Autorin.

HEIDE ELFENBEIN, geboren am 13. 6. 1934 in Bad Oeynhausen als älteste Tochter des Dipl. chem. Dr. Erich Asendorf und seiner Frau Anny Asendorf. Sie wuchs mit drei nachfolgenden Geschwistern in verschiedenen Gegenden Deutschlands auf, in die sie durch die Kriegs- und Nachkriegswirren verschlagen wurde.

1954 machte sie in Berlin Abitur und studierte dann in Frankfurt am Main Kulturwissenschaften und Germanistik, und wandte sich intensiv dem Theater zu. Sie nahm, wie schon während ihrer Kindheit, Ballettstunden (nun in einer Frankfurter Fachschule).

1959 heiratete sie Dr. Manfred Strauß, mit dem sie zwei Söhne hat. 1987 heiratete sie in zweiter Ehe Prof. Dr. Josef Elfenbein. Seit über dreißig Jahren arbeitet sie als Ballettpädagogin in ihren eigenen Ballettschulen und war fast 20 Jahre die erste Vorsitzende (seit 1997 stellvertretende Vorsitzende) des Vereins für Tanz und Darstellende Kunst e.V. (Verein selbstständiger Ballettschulen).

Sie ist auch als Schriftstellerin tätig. 1990 bekam sie in Bayreuth einen Lyrikpreis anläßlich des Lyrischen Oktobers. Sie ist stellvertretende Vorsitzende des Landesverbandes Hessen des FDA (Freier Deutscher Autorenverband). Sie schreibt unter den Namen Heide Strauß-Asendorf, Heide Asendorf oder Heide Elfenbein.

Sie veröffentlichte in vielen Anthologieen. Sie schrieb Lyrik, Kinderbücher und Kurzgeschichten. Zur Zeit arbeitet sie an dem Roman „Die Jammerhecke". Ihre bekanntesten Bücher: „Mein Huhn hat vier Beine", „Hutzliputzlischnakelkind, „Umbrüche", „Geh aus mein Herz und schreie". Vor einigen Wochen erschienen in der Anthologie „ Das Gedicht", Edition L, wieder Arbeiten von ihr, kurz danach in der Anthologie „Alle Dinge sind verkleidet" in demselben Verlag.
Sie ist politisch aktiv und ist zur Zeit die Vorsitzende des Ortsverbandes der F.D.P. in Weilrod. Sie ist stellvertretende Vorsitzende des Landesfachausschusses für Wissenschaft und Kunst.

Statement:

„Das Grauen, das ich als Kind erlebt habe, darf sich in der Geschichte unseres Landes niemals wiederholen. Dafür lebe und arbeite ich in vielen Bereichen. Daß das oft schwer ist, habe ich häufig erfahren, aber man kann keinen Blumengarten haben, wenn man nicht bereit ist, zu hacken und zu jäten. Das Heer der nichtstuenden Meckerer und faden Mitläufer hat die Katastrophe unseres Landes mit dem unseligen „Dritten Reich" möglich gemacht. Wenn Leute am Stammtisch über Politik oder soziale Mißstände meckern und dann nicht einmal die Möglichkeiten unserer lebendigen Demokratie wahrnehmen und zur Wahl gehen, dann demonstrieren sie keine Protesthaltung sondern gefährden diese kostbarste Errungenschaft unserer Gesellschaft. Für diese Leute habe ich kein Verständnis. Wer etwas ändern will, der tue es selbst. Noch nie hatten wir so sehr die Möglichkeiten dazu."